철부지 교수의

모닝톡톡

댓글 다신 분들

강문수	김미향	박교순	안건수	이수진	조완미
고삼석	김상한	박래은	안상숙	이순임	조용진
고석철	김선균	박미례	안승준	이연철	조현숙
곽신환	김수정	박석화	안외순	이종건	주칠성
구영회	김신연	박수밀	양완욱	이헌홍	차영회
권대광	김영수	박정근	엄선용	임경숙	채성준
권오만	김의정	박혜숙	유영직	임안나	최내경
김경숙	김인규	박흥실	윤금자	임종삼	최상열
김경준	김정무	배영동	은재호	전무용	최인수
김기서	김정아	백송종	이가은	정병설	하순철
김령매	김정훈	백훈	이동원	정성옥	한성수
김만호	김진영	서영숙	이동준	정종기	한홍순
김명상	김창진	송경진	이명희	정진	허철회
김명호	남궁양	송찬구	이복자	조동일	홍성주
김무경	남미우	신수일	이부자	조방익	황학선
김문선	남연호	신윤승	이상기	조순자	
김미진	노연주	신은경	이선경	조승철	

철부지 교수의 모닝톡톡

© 이복규, 2020

1판 1쇄 인쇄_2020년 11월 20일
1판 1쇄 발행_2020년 11월 30일

저 자_이복규

펴낸이_홍정표

펴낸곳_작가와비평
    등록_제25100-2008-000024호

공급처_(주)글로벌콘텐츠출판그룹
    대표_홍정표 이사_김미미 편집_하선연 김수아 권군오 이상민 홍명지 기획·마케팅_이종훈
    주소_서울특별시 강동구 풍성로 87-6(성내동) 전화_02) 488-3280 팩스_02) 488-3281
    홈페이지_http://www.gcbook.co.kr 메일_edit@gcbook.co.kr

값 12,800원
ISBN 979-11-5592-265-1 03810

철부지 교수의
모닝톡톡

이복규 지음

작가와비평

머리말

아침마다 내 카페와 페이스북에 올리고 600여 지인에게 카톡으로 보내는 짧은 글. 시도 아니고 산문도 아닌 새로운 글. 인터넷 글쓰기.

이제는 어쩌다 안 보내면, 어디 아프냐, 어서 보내라 채근 받는 내 글. 따뜻하고 신선해, 아침 출근길에 보기 딱 좋다는 반가운 반응들. 행복한 아침글, 굿모닝톡, 아침편지 등의 별명을 가진 내 글. 더러 퍼 나르기도 하는 모양입니다.

"철부지 교수의 모닝톡톡"

이런 제목으로 책 내라는 유혹을 받아, 낼까 말까 망설였으나 내기로 했습니다. 그간 40여 종 책을 냈으나 반응 몰라 답답했던 것과는 달리, 이 짧은 글에는 즉시 날아오는 추임새 댓글들. 내 글보다 더 좋은 생각들. 글 쓰는 보람과 기쁨이 무엇인지 생생히 느끼게 해 주는 고마운 마음들을 소개하고 싶어서라도 내기로 했습니다.

한쪽 면에 내 글을, 다른 쪽 면에는 댓글을 넣었습니다(더러 같은 면에 싣기도 함). 내 글 가운데 맘에 드는 걸 고른 다음, 소재와 주제가 비슷한 것끼리 모아 배열했습니다. 가정과 행복, 내가 만난 사람들, 사회·문화의 이모저모, 학교와 교육, 종교와 신앙, 살아볼 만한 이 세상, 이복규라는 사람. 대충 이렇게 7가지로 구분하되, 대표할 만한 글을 소제목으로 삼았습니다.

모든 댓글을 수록하고 싶지만 그럴 수 없어 골라서 넣되, 카톡 댓글의 분위기를 살리려, 문장부호를 비롯해 최대한 원형대로 했습니다. 어떤 글에는 댓글이 아주 적은데, 초기에 댓글의 중요성을 미처 몰라 간수하지 않았기 때문입니다. 독자의 댓글도 함께 넣은 점은 이 책의 특징 중 하나입니다. 문자 없이 모든 이야기와 노래가 말로만 전해지던 단계에서, 화자와 청자가 직접 주거니 받거니 하던, 이른바 쌍방통행 또는 공동체 문화의 21세기 판 재현인 셈입니다. SNS 시대의 특성과 강점을 살린 비교적 새로운 시도라 할 만합니다.

1년 전(2019년)에 청어람에서 전자책으로 출판했던 것을, 이번에 분량도 줄이고 다듬어 종이책으로 냅니다. 흔쾌히 내주신 작가와비평 홍정표 대표님, 예쁘게 편집해 준 하선연 에디터님 고맙습니다. 내 글을 날마다 맨 처음 읽고 어색한 데 일러주는 아내 김범순의 사랑도 기억합니다.

2020년 11월
이복규

차
례

2장 어떤 청소반장님 - 내가 만난 사람들

3장 접경 주민으로 살기 - 사회·문화의 이모저모

4장 그런 학생 또 보내줘요 - 학교와 교육

5장 이상한 목사님 - 종교와 신앙

6장 **구멍난 종 - 살아볼 만한 이 세상**

7장 초등학교 생활기록부를 보며 – 이복규라는 사람

1장

우리집은 유치원 분원

: 가정과 행복

1

우리집은 유치원 분원

우리집은 유치원 분원.
유치원 교사 출신 아내의 한결같은
이래야 해요 저래야 하지요
혹시라도 못 알아들을까 봐
손가락으로 가리키고
제스처까지 써 가며 이르는 말들.
이러면 안 돼요 저러면 안 되지요
때론 엄한 표정 짓고
흘기며 살짝 손찌검도 하며 나무라는 말들.
아침부터 잘 때까지
친절한 선생님의 교육이 끊이지 않는 곳.

여느 유치원과 다른 점 두 가지.
원생은 언제나 단 한 명 똑같은 학생.
입학은 있지만 30년 넘게 아직 졸업식 없는 점.

이연철 님

영원히 졸업하지 마셈.

 박미례 님

빨리 졸업하시와요.
우리집에도 유치원생이 하나 있는데 그곳으로 보내야겠어요.

 김기서 님

없는 게 또 하나 있네요. 유치원 선생님 신규채용 계획.

 김수정 님

유치원을 오래 다니셔서 많은 것을 알고 계시는 걸지도 몰라요.
내가 배워야 할 모든 것은 유치원에서 배웠다는 책을 쓴 작가도 있죠.

주례사 - 처조카 결혼

사회자가 소개한 대로 저는 신랑의 고모부입니다. 먼저 결혼한 인생의 선배로서 한마디 해 주고 싶습니다.

두 사람한테 왜 짝으로 선택했느냐고 물었더니 그러더군요. 신부는 신랑한테서 편안함을 느껴 좋았다고요. 신랑은 신부가 남들과 잘 어울리는 게 좋았다더군요. 두 사람의 고백처럼, 나도 아내도, 여기 하객들도 모두 마찬가지일 겁니다. 좋아서들 결혼합니다. 문제는 일평생 살아가면서 어떻게 지금의 그 만족감과 행복감을 유지할 수 있느냐는 것이지요.

내 경험담을 들려주겠습니다. 성공한 것도 있고 그렇지 않은 것도 있습니다.

어느 여름, 햇빛 강렬한 날이었습니다. 밖에 나갔다 들어오니, 아내가 곤히 낮잠을 자고 있었고, 햇빛이 들어와 아내의 얼굴을 비추고 있었습니다. 그냥 두면 깊은 잠을 잘 수 없을 것 같아서, 아내가 깰세라 살그머니 의자를 당겨다 가려줬죠. 아내가 자고 일어나, 이렇게 말하더군요.

"여보, 나 오늘 감동 먹었어요."

여간해서는 사랑한다는 말도 할 줄 모르는 아내의 입에서 그런 말이 나올 줄은 정말 몰랐습니다. 그때 알았습니다. 행복한 부부, 행복한 가정을 이루는 비결은 무슨 거창한 게 아니란 걸 알았습니다. 아주 사소한 일일 망정 상대방 입장에서, 이럴 때 내가 어떻게 해주기를 내 사랑하는 아내가 바랄까? 내 사랑하는 남편이 원할까? 이렇게 입장 바꿔 생각해 보면서, 상대방이 요구하기 전에 먼저 그렇게 해 줄 때 감동 먹으며 행복감을 느낀다는 걸 알았습니다.

이건 성공한 경험담이고 그렇지 못한 일도 있습니다.

내가 올해로 결혼한 지 34년째, 지금도 아내한테 늘 미안한 일이 하나 있습니다. 결혼 초기 한 달 시간강사료 12만 원으로 힘들 때, 우리 아버지가 서울 오시면 돈을 꿔서라도 모셨으나, 언젠가 들르신 장모님이 내려가실 때는 아내한테 서운하게 했답니다. 장모님께 차비로 얼마를 드릴까 하고 아내가 물었을 때, 5천원 드릴까 만원 드릴까, 내가 망설였다는 겁니다. 자기 아버지한테는 망설임 없이 해드리면서 장모한테는 인색했다고 지금까지도 두고두고 타박 들어요.^^

신랑 신부에게 부탁합니다. 부부간에 감동 먹게 하느냐, 아니냐, 아주 작은 일에 달려 있다는 것 명심해요. 거창한 일이 아니니 마음만 먹으면 할 수 있어요. 무슨 일이 있을 때, 서로 상대방의 마음을 미리 헤아리며 말하고 행동해 봐요. 그러면 일평생 서로 감동 먹으며 행복할 수 있습니다. 내 경험담을 참고해 부디 우리보다 더 잘 살아요.

그렇게 잘 사는 모습을 보여드리는 것이 양가 부모님에 대한 효도이고, 영하의 날씨에도 와주신 하객들에 대한 도리일 것입니다. 자식도 그 모습 보면서 건강하게 자랄 것입니다. 부디 행복하세요.

 김창진 님

좋습니다. 알아먹기 쉬운 주례사네요. 이 형은 목소리도 명료한데 내용도 명료하니 다들 잘 이해했을 겁니다. 주례도 고역인데 적덕하셨네요.

딸 같은 며느리

아들만 둘이다 보니 늘 내가 하는 말

"딸 같은 며느리 얻어야지…
며느리 얻으면 딸처럼 이뻐해 줘야지…."

얼마 전 원로들 모신 회식자리에서 또 이 말 했더니만
그 자리에 계시던 지긋하신 시어머님들
손사래 치며 이구동성으로 하시는 말씀.

"꿈 깨시오! 며느리는 며느리일 뿐.
이 세상에 딸 같은 며느리는 없소!"

반신반의하는 내게 쐐기 박으려는지 들려주는 실화 하나.
귀 어두워진 부부가 노상 세계여행 다니던 어느 날
출발 직전, 아들 집에서 나오는데 그날따라 또렷이 들리는 말.

"아니, 저렇게 돈 다 쓰고 가시면 뭐가 남나?"

귀 어두워 못 듣는 줄 알고 며느리가 그렇게 뒤에서 중얼거린 것.
그 다음부터는 미리 말 않고 공항에서 떠나기 직전에 해 준다고….
혹시라도 일 나면 행방은 알아야 할 테니까.^^

김창진 님

그분 말씀이 옳지요. 요즘은 시집살이가 아니라 며느리살이에요. 며느리가 허락 안 하면 아들 집도 못 가요. 아들은 효도하고 싶어도 힘이 없어요. 아들은 그냥 잘 살면 그걸로 만족해야지 더 이상 바라지 마세요.

조순자 님

공감합니다. 저희 여전도회는 동갑으로 구성되어 있는데 이구동성으로 하는 말입니다. 서로 한 곳을 바라보는 사람끼리 위하고 사랑하며 사는 게 현명하다고 생각하며 산답니다~^^

배영동 님

아이고, 큰일이네요. 차세대가 돈이 너무 필요한가 봐요.

한홍순 님

다 그렇지는 않을 거예요. 미리 실망하지 마세요.

와, 국문학박사 이겼다!

KBS 〈우리말 달인〉 시간.

엊그제 아들과 함께 보고 있는데

서유석 가수의 〈홀로 아리랑〉 관련 문제 출제.

그 노래를 만든 목적에 대한 인터뷰 기사 괄호 넣기.

"독도를 우리 민족 삶의 (   )으로 만들고자"

답은 '터전'이건만, 과거의 일로 착각한 내가 다른 답을 말해, 아들이 맞고 내가 틀리는 순간.

"와, 이겼다. 국문학박사 이겼다!"

무슨 2002 월드컵 골 넣은 안정환이라도 되는 양

두 팔 벌린 채 방안 돌아다니며 환호성 연발하는 아들 녀석.

내 이래서 웬만하면 우리말 퀴즈 방송 잘 안 보건만.ㅠㅠ

이명희 님

　ㅎㅎ 국문학박사 아들 맞네요!!

권대광 님

　장면을 상상하는 것만으로도 행복한 광경입니다.

김기서 님

　자식 기 살려주면 돌아오는 보답은 확실한 노후보장?!

송찬구 님

　얼마나 국문학 박사 앞에서 우리말에 대해 기죽어 살았을까! 그 아
　들! 그런 때 기 좀 팍팍 살려 주시지!~~~ ^*^

윤금자 님

　그 부모에 그 자식, 그 교수에 그 제자. 이럴 때 가장 뿌듯하실 듯싶
　어요.

일찍 재혼하는 남편

어떤 남자가 서둘러 재혼할까요?

두 가지 경우라네요.

첫째, 아내한테 아주 잘해 주던 남편.

(미안한 마음이 없어서 그렇다네요.^^)

둘째, 장기간 아내 병 수발하느라 지친 남편.

(지친 몸, 돌봄 받고 싶어 그렇다네요.ㅠㅠ)

팔순 이혜순 은사님이 재혼남들 지켜본 경험으로 들려주신 말씀.

강문수 님

재혼을 빨리하는 분들은 의외로 행복한 결혼생활을 하시다 사별한 분들이라는 기사를 본 적 있어요. 행복했던 분들은 재혼에 대한 기대감이 크고, 반대의 경우는 재혼이 두렵다네요. 재혼의 역설!

배영동 님

둘째 유형만 예상되었는데, 첫째 유형도 수긍이 가요. ㅎㅎㅎ 여성은 어떨지 궁금한데, 아마도 돈을 우선할 듯해요.

이수진 님

ㅎㅎㅎ ㅠㅠ 아내가 죽으면 남편이 화장실에서 혼자 웃는다는데... ㅋㅋㅋㅋ 다 똑같아요!!!!

이연철 님

이런 건 누가 뭐래도 마누라 앞에선 입도 뻥끗 안 하기!

모든 형들이 그런 줄

어느 결혼식에서 신랑의 동생이 하는 축사.
축사를 친동생이 하는 것도 처음 봤거니와
축사 듣다 신랑도 울고 하객 모두 눈물 훔치기도 처음.

"어릴 적부터 잘해준 우리 형
생일 선물 말하라면 형과 함께 자게 해 달라고 할 정도로 좋아한
우리 형.
성인이 되어서야 알았지요.
이 세상 모든 형이 그런 것은 아니라는 걸.
모든 형이 우리 형처럼 동생 고민 다 들어주고
가장 아끼는 것 아낌없이 주지는 않는다는 걸.
형 축하해."

몇 차례 울먹이면서 형한테 고마워하며 축복하는 그 동생
세상에 아직도 이런 우애가 살아 있다니….

그 예식 마치고, 고향에서 올라온 동생들 데리고 가 영화 보여주었
습니다.
오빠 노릇 하려고.^^

○ 백송종 님

정말 마음 따뜻한 이야기입니다.

○ 김선균 님

"의 좋은 형제" 이야기가 생각납니다. 뜨거운 핏줄은 눈물과 관계가 깊은가 봅니다.

○ 김상한 님

그런 형과 그런 형을 고마워하는 동생, 여동생들을 아끼는 이 교수님, 모두 최고입니다.

○ 이수진 님

어머 ㅠㅠ 눈물 나네요. 저도 두 아들 그렇게 키워야겠어요. ㅎㅎㅎ

○ 김인규 님

저도 글을 읽고 울컥하네요. 그 신랑과 결혼한 부인도 동생처럼 행복했으면 합니다.

○ 이연철 님

부럽다! 부럽다!

퇴계 선생 며느리의 유언

"나 죽으면 남편 옆에 묻지 말고 시아버님 발치에 묻어다오."

퇴계 선생의 며느리가 남긴 유언이라네요.

시집 와서 죽는 날까지

누가 며느리 혼내려고 할 적마다

우리 집 사람이야. 우리가 아껴주지 않으면 갈 데 없는 몸이야.

이러면서 며느리를 감싸주었던 퇴계 선생

그 시아버지가 돌아가시어 장례를 채 마치기도 전에

너무 지극 정성으로 모시다

그만 죽음이 찾아오자 이렇게 유언했다네요.

"시아버님 은혜를 생전에 다 갚지 못하고 장례도 채 못다 하고 눈 감는 이 몸, 죽어서라도 아버님 발치에서 남은 효도 하고 싶어요."

지금도 안동 가면 그 무덤 거기 그렇게 남아 있다네요.

윤금자 님

우리 며느리가 우리 딸이라고만 생각해도 다 포용할 것 같아요. 퇴계 선생님은 부인과 며느리에 대한 사랑이 정말 남달랐던 것 같아요.

 채성준 님

퇴계 선생님은 부인이 요샛말로 좀 덜떨어진 분이셨다는 데도, 평생 아끼고 사랑하셨다고!
대학자의 따뜻한 맘이 느껴지네요.

 김기서 님

몰랐던 비사. 다음에 안동 가면 확인 들어갑니다.

 김수정 님

인정받는 사람으로 살고 싶은 마음이 이해될 것 같아요.

8

장미 1만 송이

"나 죽으면 무덤 앞에 장미꽃 좀 놔 줘요."

한 번도 사랑 표현 않는 남편한테
어느 날 우리 처형님이 말했다죠.
죽어서라도 꽃 선물 받고 싶어 그랬다죠.
부여에서 함께 농사하다 혼자 올라와 쉬고 있는데 걸려온 전화.

"여보, 어서 내려와요. 1만 송이 장미 준비해 놨으니."

웬일인가 내려갔더니만
뒤꼍 가득 장미를 심어 놨더라죠.
왜 앞뜰에 안 심고 뒤꼍에 심었냐니까 하는 말.

"당신 설거지할 적마다 보라고."

5월마다 가득 피어나는 1만 송이 장미꽃.
송이마다 담겨 있는 남편의 묵직한 사랑.

○ 이연철 님

따뜻해지는 풍경! 내 인생의 장미는 지금 몇 송이로 피어있는 건가...

○ 박미례 님

오오 속 깊은 남편의 알뜰한 사랑이네요. 1만 송이가 될 때까지 잘 가꾸어 나가면 한 편의 드라마같이 아름답겠네요. 그러고 보니 저도 장미를 받아본 기억이...ㅠㅠ

○ 채성준 님

심수봉의 노래 '백만송이 장미', 진실한 사랑할 때만 피어나는 꽃! 백만 송이를 피워야 그 별나라로 돌아갈 수 있다나요?

○ 김기서 님

5월은 설거지도 설렁설렁. 장미꽃 숫자 헤아리기 바빠서.

내 방, 내 물건이에요

큰아들이 30대 중반, 작은아들이 20대 후반

둘 다 미혼.

여전히 내 새끼라는 생각만 하고 살았는데

요즘 들어 다 커버렸다는 걸 절감하곤 합니다.

어쩌다 큰아들 방에 들어가 아들 옷을 걸쳐 입고 있었더니만 정색.

"내가 아끼는 옷인데, 미리 이야기하고 입어야지 그렇게 마음대로 입으면…"

한 번은 작은아들 방 컴퓨터 앞에 여러 날째 일본 과자가 그냥 놓여 있기에 상할까 봐 얼른 먹어버렸더니만 정색.

"일본에서 사온 거라 아껴 먹느라 두었던 건데

왜 남의 방에 있는 걸 마음대로 손대느냐…"

예전엔 없던 일. 놈들이 달라진 것.

더 큰 봉변하기 전에

놈들 말처럼 남처럼 손님처럼 여겨야겠습니다.

짝 나타나면 얼른 결혼시켜 내보내 버려야지.

윤금자 님

에그 아직 결혼도 하기 전인데... 더구나 결혼하면 남의 자식이랬는데... 암튼 교수님 얘기만은 아닌 듯싶네요.

김기서 님

집안의 실세로서 서열 정리를 다시 한 번 하심이. 미워도 다시 한 번. 친구 하나는 자식을 장가보내며 아들이 그동안 일하여 모은 만큼만 돈을 대주었다 하네요. 미리 부친의 뜻을 알려주면 근로의식 고취에 도움이 될 듯.

김수정 님

자식들은 3살 이전에 평생 효도를 다 한다는데 효도 다 받았으니 잘 가주는 것만도 감사할 일입니다.

기제사(추도식)의 축제화

우리는 아버지 기제사(추도식) 때 가족여행을 겸합니다.

모두 모이게 토요일 11시쯤 묘소에 모여 추모담을 포함하는 예배부터 드립니다.

예배와 묵념이 끝나면 예약한 맛집으로 가 회식.

회식 후에는 빌린 봉고차 타고 인근 명소로 한나절 가벼운 가족여행.

어머니도 모시고 10남매가 즐기는 시간.

미륵사지, 새만금, 한산 모시박물관, 강경 나바위성지 등등.

천국에 계신 우리 아버지도 기뻐하실 것 같습니다.

형의 아이디어로 시도한 기제사의 축제화.

올해에는 무얼 먹고 어디 갈는지 벌써부터 기다려지는 추도식.

다른 집에도 권하고 싶습니다.

이연철 님

부럽다! 부럽다!

윤금자 님

제사 모시는 것이 평상시 모이기 힘든 온 가족이 모여, 서로 안부 묻고 조상을 기억하는 자리라고 봤을 때 참 좋은 방법인 것 같네요.

김기서 님

얼쑤!!(추임새)

김수정 님

맛집 예약은 화룡점정입니다. 가족이 모이는 데는 지혜나 희생이 필요한데, 정말 멋진 가족이네요.

약속했잖아요

CBS 성서학당 김기석 목사님 강의에서
예화로 소개한 80세 여자 권사님 이야기.

11년째 중풍으로 누운 남편을
항상 웃으며 수발하는 그분께 목사님이 어느 날 물었다죠.
"힘들지 않으세요? 어떻게 11년간이나 그렇게…."
그러자 수줍게 손으로 입을 가리며 이러시더라죠.
"약속했잖아요. 결혼할 때.
건강할 때나 병들었을 때나 함께하겠다고."

이연철 님

참 간단한 건데 그걸 못 지키는 경우가 많으니...

윤금자 님

공약 남발하고 약속 안 지키는 공직자들에게 들려주면 좋을 법한 이야기.

김기서 님

주님, 우리가 선거권을 행사할 때 후보들 중 이런 생각을 갖고 있는 분을 알아볼 수 있는 눈과 지혜를 주소서.

김수정 님

당연한 것이 드문 현재가 좀 서글프기도 하네요.

남연호 님

미생지신(尾生之信)이란 고사성어가 떠오르네요. 춘추 시대, 노(魯)나라 미생(尾生)은 어떤 일이 있더라도 약속을 어기는 법이 없는 사나이였다죠. 애인과 다리 밑에서 만나기로 약속했다가 장대비가 내려 개울물이 불어나도 그냥 교각을 부둥켜안고 있다 죽었다는 사람.^^

우리 외숙

경북 칠곡군 인동면 세월 부락 사시던 우리 외숙
교통도 불편해 완행열차만 다니던 60년대
겨울 농한기면
전북 익산군 삼기면 오룡리 도마 부락
육이오 부상 그 불편한 팔다리로
누나가 사는 우리집에 오셔서
무려 한 달씩이나 묵다 가셨다네요.
돼지국밥을 그다지도 맛있게 드셨다네요.
엊그제 대림동 돼지국밥집에서 형한테 들은 외숙 이야기.
얼마나 그리웠으면…
얼마나 누나가 보고 싶었으면…
얼마나 헤어지기 싫었으면…
가난해 먹을 것도 별로 없던 우리집에
사나흘도 아니고 한 달씩이나.

"홀어머니 모시고 살던 3남매.
큰형이 일찍 돌아가 달랑 남은 남매라 더 그러셨을 거야."

형 말 듣고 생각했습니다.
외사촌들과 더 가깝게 지내야지.
우리 남매들과도.

이연철 님

이런 글 읽으면 아주 먼, 낡은 전설 듣는 것 같아.

 김수정 님

사람이 사람을 아름답게 대하는 방식 같아요.

결혼 33주년 기념 이벤트

탑클라우드 공덕점에서 점심 먹은 다음
백팩에 숨겨간 일기장들을 꺼냈지요.
아내를 만나 사랑 고백할 때부터
우여곡절 끝에 약혼, 결혼,
시간강사 박봉으로 힘들게 지낸 사연들.
중요한 대목에 견출지를 붙여 뒀다가 읽어주었죠.

웬 일기냐기에 말했지요.
"우리가 처음 만났을 때부터…"
이 말을 하다 눈시울이 뜨거워져 말을 이을 수 없었습니다.

운명처럼 만나 결혼해 33년을 살아온 이야기.
때때로 붙여 놓은 당시의 아내 편지에 아내도 놀랍니다.
"내가 이런 편지도 썼던가?"
신기해하며 즐거워합니다.

일기 함께 읽기.
사랑의 추억 되새기기.
결혼기념일 이벤트로 괜찮습니다.

○ 이연철 님

글쎄...... 너무 과한 이벤트 아닌가 싶은데(그리고 이런 건 혼자 조용히 하쇼. 자꾸 소문내서 여자들이 들으면 곤란해진다오).

○ 윤금자 님

진정한 로맨티스트시네요.
내후년 30주년 때 비록 읽어줄 일기장은 없지만, 가지고 있는 연애편지라도 같이 읽어야겠어요. 좋은 팁 감사드려요.

○ 김기서 님

우문 하나. 일기는 언제쯤 책으로?

○ 김수정 님

요즘 애들도 어제 보낸 문자 때문에 그 다음날 이불킥을 한답니다 (이불킥=자려고 누웠을 때, 부끄럽거나 창피스러운 일이 불현듯 생각나 이불을 걷어차는 일).

2장

어떤 청소반장님

: 내가 만난 사람들

어떤 청소반장님

내가 대학생일 적부터

교수로 일하는 지금까지 40년 넘게

우리 대학 청소반장으로 일하는 분.

진즉 정년퇴직하고서도 학교에서 붙들어

촉탁이지만 여전히 반장으로 계신 분.

가끔 보면 그분의 시선은 늘 바닥에 있다.

어디 쓰레기 떨어진 건 없나 더러운 데는 없나 살피시는 거다.

가만히 보면 휘하의 청소부 아줌마들한테도 늘 친절하다.

반장이지만 함께, 아니 더 부지런히 쓸고 닦고 계시다.

언젠가 점심이라도 모시려 했지만

아줌마들과 함께 해야 한다며 사양하셨다.

한국판 성자가 된 청소부.

우리 학교에서 내가 최고로 존경하며 닮고 싶은 분.

윤석신 반장님.

윤금자 님

교수님께서 존경하고 닮고 싶다고 말씀하신다면 윤 반장님 표정이
어떨까요? 아마도 쑥스럽겠지만 자신을 자랑스러워하실 것 같아요.

김수정 님

작은 일의 꾸준함. 재능이나 일시적인 운으로는 얻을 수 없는 업적
이라 생각합니다. 자신의 일에 대해 장인 정신을 지닌 존경할 만한
분이네요.

정종기 님

어떤 일이든 지성(至誠)으로 하면 그것이 하나의 도(道)를 이룬다고
봅니다. 청소도 예외일 수 없지요.

노연주 님

주변에 이런 분 계셔서 살아갈 맛 나지요.
향기로운 삶.

홍성주 님

민초가 있기에 나라가 있듯...
우리 사회는 묵묵히 일하는 사람들이 있기에 굴러가나니—
지기 일을 천직으로 알고 일하는 애국자들!
그들이 대우받는 사회건설이 우리들의 목표!

어떤 운전기사님

우리 대학 총장 운전기사님
내가 대학생인 1975년부터
교수인 2017년 지금까지 40년 넘도록
여전히 총장 차를 운전하는 분.
이화학당에서 삼문학원, 명지학원을 거쳐
지금의 새 재단으로 법인이 바뀌고
방 학장, 조 학장대리, 김 학장, 황 학장 등을 지나
현재 최 총장에 이르기까지 열도 더 넘도록 총장이 교체되어도
그 승용차의 기사는 요지부동 이분.
정년퇴직하고 나서도 학교에서 붙들어 여전히 총장 차를 몰고 계
시다.
아마 기네스북에 오를지도 모르는 분.
어찌 그럴 수 있나 싶어 언젠가 누구한테 물었다.
운전도 부드럽지만
입이 무겁단다 어떤 말을 들어도 옮기지 않는단다.
언제나 잔잔한 미소로 내게도 인사하는 분.
내게 그분은 운전기사가 아니다.
운전대를 잡고 있는 묵언 수도사이거나 성자시다.
이형국 기사님.

윤금자 님

역시 침묵은 금이다.

송찬구 님

개인 기사는 입이 무거운 사람이 최고의 기사라는데, 이분이야말로 묵언의 성직자이신가 보네요. 그러기 쉽지 않은 일인데, 입이 무겁다고 기사로서 다는 아닐 텐데. 인간성과 정감이 겸한 사람이신 듯.

조방익 님

이런 분이 계셨군요. 총장이 10번 넘게 바뀌고 재단이 3번 바뀌었는데도 말 옮기는 것 대신 빙긋이 웃어주며 자신에게 맡겨진 일을 이제껏 하신다니...
오늘, 참 성자 한 분을 가슴에 모십니다! 감사!

함열 박약국

"어디가 아퍼서 왔댜아?"
"으응. 거시기. 설사."
"뭣 먹었가니 그려어? 조심헐 일이지."
"약 좀 줘요"
"설사 땐 굶는 게 수여. 가요!"

고등학교 친구 창종이네 약국에 들렀다 엿들은 대화.
함열 사시는 우리 어머니와 큰누나가
왜 늘 박약국만 가시는지.
오늘 알았다.

이연철 님

아버님도 약방을 하셨는데 약을 팔고 하시는 말씀. "그 콩알만 한 훼스탈 한 알 먹고 소화가 될까?" "박카스 한 병 마시고 피로 회복이 될까? 한꺼번에 몇 병 마시면 모를까" 연신 고개를 갸우뚱.

 윤금자 님

양심적인 약국이네요. 우리 동네 약국 가면 증상 한 가지에 이 약 저 약 몇 통씩 처방해 주던데.

 김기서 님

직계가족에게만 내리는 극비 처방을 온 마을에 전파. 박약국 만세!

 김수정 님

약을 팔지 않고 건강을 파신 분이네요. 사실 쓸 데 있는 말은 마당쇠가 가장 많이 하죠. 쓸 데가 많으니까요.^^

택시 타기

난 좀처럼 택시 안 탑니다.
아마 어렵게 살아 그런 듯.
이제 그런 대로 살 만해도 그렇습니다.
밥 흘리거나 남기면
여전히 죄스런 마음 들 듯이.

그러던 내가 이따금 일부러 택시 타기도 합니다.
설계사무소장인 내 친구 이주훈 장로 때문.
IMF로 모두가 어려울 때
여전히 내가 절약하는 눈치를 보이자
어느 날 나한테 하는 말.

"이럴 때는 이 교수 같은 봉급쟁이들이 지갑 열어야 해.
그래야 돈이 돌아 경기가 회복되지."

그 말 들은 후로는 곧잘 탑니다.
식당도 더 이용하는 편.
전체를 생각하는 사람
오지랖 넓은 내 친구 때문.

이연철 님

이런 분들이 택시 타면 꼭 기사 옆자리 타더라. 그건 실례. 돈 냈으니 사장처럼 뒤에 타라는 게 아니라 기사 옆은 기사님의 사적인 공간. 운전하는 데도 좋고(프랑스에서는 꼭 옆에 타도되느냐고 사전에 양해를 구하는 것이 예의라고).

 박미례 님

나도 밥 사 주세요.^^

 김기서 님

한 때 소비가 미덕이었던 미국의 요즘 소비자. 소비 욕구를 참으면 소비할 때 보다 더 큰 즐거움을 느낀다네요.

돼지고기 안 먹던 친구

종교적인 이유로 돼지고기 안 먹던 내 친구.

술, 담배와 카페인도 입에 대지 않던 삼육중 이동용 교감.

심지어 중국집에 가서 짜장 먹을 때도 돼지고기 골라내기.

언젠가 궁금해서 내가 물어본 말.

"먹고 싶은데도 억지로 참는 거야?"

내 물음에 곧바로 해준 대답.

"아니. 처음엔 그랬는데 지금은 냄새도 역겨워."

그 말 듣고 깨달은 사실.

아하, 신심이 깊으면 안 먹는 게 아니라 못 먹게 되는구나!

〈나는 자연인이다〉에 출연한 어떤 분도 하산해 육식하면 탈난다고 하듯!

강문수 님

제레미 리프킨은 『육식의 종말』에서 유럽과 미국인이 고기 먹느라 사료로 사용한 옥수수면 지구상 모든 인간이 기아에서 해방된다고 주장하고 있죠. 게다가, 대량 사육하는 소 방귀가 오존층을 파괴한다니, 이번 여름 폭염의 원인이 내가 먹은 고기 때문은 아닌지 심각하게 생각해 볼 일.

이연철 님

저도 들은 말이 있네요. 전 세계 가축들이 내뿜는 가스가 차량 배연 가스보다 더 오염도가 높다고. 믿어야 하는지는 모르지만, 그래도 가축 대신 자동차를 잡아먹을 수는 없으니.

배영동 님

교감 선생님의 말이 맞다고 봅니다. 길들여지면 그렇게 될 겁니다. 그것이 교육이고 문화인 거죠. 우리가 서양에서 태어나서 살고 있다면, 된장 먹고 싶다는 생각이 안 드는 것처럼요. 오늘도 즐겁게 자신을 길들입시다.

줄 궁리만 하는 사람

대학 동창 가운데 한 사람.
만났다 하면 늘 뭔가를 주고 싶어 안달하는 사람.
내 아들 어릴 때 놀러갔더니
자기 딸 보던 그림책이랑 바리바리 준비했다 주더니만
지금까지 만날 적마다 뭔가를 마련했다 주는 사람.
어느 날엔가는 대용량 USB 가져오라더니,
그간 모은 자료들, 하루 종일 걸려 다운로드 해준 사람.
동네 주민들에게 칼갈이 봉사하다 우리 동네에도 왔다 간 사람.
요즘 자전거 트래킹에 푹 빠져 틈만 나면 전국 곳곳을 누비더니만,
건강에 좋다며 자전거 싸게 사게 해준 후
여의도 거쳐 행주산성까지 끌고 가 그 맛 보게 해 준 사람.

내 몸 하나 챙기기에 급급하며 살아온 나
계속 반성하게 하는 내 인생의 좋은 동행자.
김기서 박사.

강문수 님

이 험한 시대에 '아낌없이 주는 나무' 같은 대학 선배님이 계실 줄이야! 자신이 가진 모든 것 내어주는 예수님처럼 살아가기. 그 정신 실천하는 분들이 만드는 세상이 천국이겠죠.

이연철 님

시인 조병화 선생님은 붓글씨 써주기를 좋아하셨지요. 안성 편운재(片雲齋) 놀러 가면 젊어서 입었던 티셔츠도 주시고. 한 번은 겁 없이 학장실에(당시 문리대 학장이셨던 터라) 걸어놓고 그리던 그림을 달라고 했더니 "이놈아 그건 비싸!" 하시던 분. 그림을 좋아했던 조 선생님은 김환기 화백하고도 친했는데, 어느 날 김 화백 화실에 갔다가 이젤에 걸린 그림을 그냥 들고 왔다고. 그래서 김 화백의 사인이 없지만 누가 봐도 김 화백의 그림. 학장실 한 편에 놓여있던 그 작은 그림을 달라고 했으면 주셨을까? 아니면 "이놈아, 그건 더 비싸" 하셨을까? 이제사 그리운 선생님.

배영동 님

대단한 사람을 가까이 두셨습니다. 가족도 아닌데.

최윤규 선생님

우리 학교에 계시다 은퇴해 얼마 전 작고하신 분.

경영학 전공이라 나와는 달라도 존경했던 선배님.

명석한 두뇌와 판단력과 자상한 품성에 독실한 신앙.

청와대 아무개 뺨칠 메모광.

건강했다면 분명 큰일 하셨을 분인데

박사논문 쓰다 얻은 간염으로 평생 서울대병원 출입하신 분.

택시운송업 경영 실태 조사해 대안 마련하는 그 학위논문 작업.

대충 대충은 절대 못하는 그 성격,

한겨울 택시기사들 움직이는 새벽에 나가

댓바람 맞으며 인터뷰하느라 그만 잃은 건강.

그래도 섭생 잘해 가정도 지키고 정년도 채워 80까지 살다 가신 분.

(그 아드님이 영재교육 권위 성균관대 최인수 교수)

평소의 지론대로

병이란 놈을 친구처럼 달래가며 지내다 함께 떠나신 분.

얻은 게 있으면 잃는 것도 있는 세상 일.

운명을 낳는 성격과 습관.

병약해도 몸 간수 잘해 달려갈 길 완주하기.

이 분 생각할 적마다 떠오르는 것들입니다.

○ 최인수 님

이복규 선생님, 아버님에 대해서 쓰신 글 읽고 또 읽었습니다. 제가 잘 모르는 부분까지 말씀해 주셔서 아버님에 대한 사모의 정이 더욱 깊어집니다.

○ 조방익 님

네, 그분 생각이 나네요. 시온교회에서 함께 식사도 하고... 아들 전임 걱정도 하셨는데 성대 교수로군요

○ 김상한 님

"재물을 잃으면 조금 잃는 것이요, 명예를 잃으면 많이 잃는 것이요, 건강을 잃으면 전부 잃는 것이다."라는 경구가 떠오르네요.

○ 김기서 님

벌처럼 살다간 인생. 벌이 수명을 다하는 것은 피로가 누적되어서랍니다. 모든 일에 너무 무리하지 않기. 얻는 것과 잃는 것을 저울질하며 살기가 쉽지는 않지만 몸이 쉬라 할 때는 욕심을 포기할 것.

○ 이연철 님

얻은 게 있으면 잃은 것도 있고, 잃은 게 있으면 그 와중에 얻은 것도 있고. 이게 인생의 묘미 아닐까요?

천재의 기억력

이 시대 천재 중의 한 분.
서울대 명예교수 조동일 선생님.
5개 국어를 아시는 데다 단독 저서만 80종.

기억 능력을 누가 묻자 이리 대답했다죠.
"사람 기억하는 능력은 최저 수준."
그 연구실 조교도 나중에 학계에서 못 알아보고,
처음 뵙겠다며 인사했다죠.
그러면서 덧붙인 말이 인상적.
"그런데, 읽은 논문과 책 내용은 다 기억해요.
논문과 책 내용이 머리를 온통 차지하고 있어
다른 무엇이 비집고 들어서기 어려워요."

천재. 오직 한 가지만 생각하는 사람?

권대광 님

말씀을 듣고 보니 장점을 잘 살리는 사람이 천재인 것 같습니다.

 이가은 님

보통 기억력이 좋다 싶은 사람들은 어떤 한구석에서는 기억력이 좋지 않다고 하더라구요. 다른 데 쓸 기억력을 한 곳에 집중해서 그런가 싶습니다. ㅎㅎ

 이동준 님

치과의사는 얼굴은 몰라도 입 속 치아는 잘 알고 있다지요~(?)

 이연철 님

이제는 읽은 것도 잘 기억 못하고, 사람도 잘 기억하지 못하는 나는 뭔가요?

80이 돼서야

"이제야 텍스트가 보여요."
80이 내일 모레인 이화여대 국문과 이혜순 선생님이
어느 분 문상 자리에서 하신 말씀.

그 말씀을 듣고, 오래 살고픈 생각이 들었습니다.
아직 흐릿하기만 한 내 눈앞의 글들.
커피 마시는 시간도 아까워 책을 놓지 않으신다는 이 선생님도
80 가까워서야 보인다는데….

이연철 님

휴~~~~ 어찌하든 80은 넘겨야겠네.

배영동 님

노안에는 글이 덜 보이겠지만 심안으로 세상을 꿰뚫어 보실 겁니다. 심안이 혜안이 되어 세상을 밝게 할 겁니다. 그래서 원로를 섬겨야 할 필요가 있을 겁니다.

김기서 님

항공기 조종사들은 의무적으로 6개월에 한 번씩 건강검진. 책 좋아하는 이에게 그런 의무적 요구가 없는 건 천만다행.

심은 대로

한국음악평론가협회상을 수상한 중앙대 명예교수 전인평 선생님.
국악 작곡 겸 연구자.
답사 때 하시는 말씀.

"얼마 전 유네스코에서 심사위원으로 초청해 프랑스 다녀왔지요.
도대체 어떻게 나를 알고 불렀나 궁금했지요.
15년간 내가 주도해 만들어
세계 곳곳에 무료 배포한 영문판 한국음악 리뷰 때문이었어요.
읽은 외국학자들이 이구동성으로 나를 추천했대요 글쎄."

심은 대로 거둔다는 성경 말씀, 정말 진리.
은퇴한 지 9년이 흐른 노교수를 축하하러 자리 채운 하객들.
이것도 수상과 함께 선생님이 뿌린 선한 씨앗의 결과겠지요.

김영수 님

ㅋㅋㅋ 수능 보는 친구들이 제일 싫어하는 말! 뿌린 대로 거두리라!

배영동 님

참으로 아름다운 일입니다. 그리고 장한 일입니다. 한자성어 "적선지가 필유여경"이라는 문구가 떠오릅니다. 하루아침에 이루어지는 일은 요행입니다. 그런 일에는 축하와 박수가 따르지 않습니다. 금자탑을 쌓듯이 하는 일일 때 모두가 축하할 뿐만 아니라, 두고두고 그 정신과 마음을 생각합니다. 전인평 교수님께서 가꾸신 성취가 아름다운 여운을 남깁니다.

박래은 님

👍 우리들은 무엇을 뿌리고 있을까요? 생각해 보게 되는 아침글입니다.

이연철 님

미국 여성으로 스물 둘에 한국 목사와 결혼하여 이 땅에서 열심히 살아온 어느 분의 말씀. "어디에 심기든 심긴 곳에서 꽃 피우려고 했지요." 참 아름다운 그분의 삶.

꽃다발은

어느 분이 상 받는다며 초청장 보냈기에
성균관대 이동준 명예교수께 여쭀죠.

"어떤 선물 준비해 가야 하나요?"
"수상식엔 별로 안 가서 모르지만,
누구 축하할 때 꽃다발은 안 가져가요. 나는 그래요"
"왜요?"
"꺾는 건 해치는 거잖아요.
차라리 화분은 가져가도 꽃다발은."

난생 처음 들어본 말씀.
유교에서
'친족과 나=동기(同氣)', '남과 나=동류(同類)', '사물과 나=동생(同生)'
이렇게 여긴다는 것
언젠가 서울대 금장태 선생님 책에서 읽었는데,
이제 보니 그대로 살고 계신 분.
식물을 우리와 같은 생명체로 여기기.
유교의 인도주의 연구로 철학상 받으셨다더니 어질게 살고 계신 분.

권대광 님

그런 분이 계시군요. 꽃다발이 거추장스럽긴 해도 좋아하는 분도 계시더군요. 또 졸업식 날은 화분을 들고 사진 찍을 수는 없는 것도 같고... 제 경지를 훨씬 넘는 분이군요.

 김상한 님

사물과 내가 동생이라는 말에 공감이 갑니다. 꽃 한 송이, 풀 한 포기라도 함부로 대해서는 안 될 것 같습니다.^^

 배영동 님

멋진 생명철학입니다. 확대하면 지구도 태양계도 우주도 온 생명이라고 하는 안동의 생명철학자 김성현 선생의 주장이 생각납니다. 생명대학이라는 걸 운영하고 있는데 자연계도 생명이고 사람도 자연계 속에 포함시키죠. 아무튼 김성현 선생의 생명철학이 좋은 미래를 건설하는 데 활용되기를.

 김기서 님

일본에선 병원 입원환자 병문안 갈 때, 화분은 금기. 화분 식물에는 뿌리가 있기에 병원에서 퇴원하지 못하고 오래도록 뿌리를 내리는 것이 연상된다나.

 이연철 님

꽃다발 안 사갈 이유를 이제 찾았네요. ㅎㅎㅎ

조용진 교수의 착각

레오나르도 다빈치를 자신의 롤 모델로 삼았다는
얼굴박사 조용진 전 서울교대 교수.

다빈치가 40년 동안 79구의 시신을 해부해
그리도 살아 움직이는 것처럼 사람이며 말이며
잘 그렸다는 말 들은 대학 시절의 조 교수.

'나는 그보다 더 많이 해부해야지.'

이렇게 작심
홍대 미대 졸업 후 가톨릭의대 들어가
7년간 인체해부 배우며 열심히 시신 해부.

마침내 79구를 넘어섰는데
나중에 알고 보니 다빈치는 겨우 30구만 해부했다더라지요.

그래서 억울했냐는 내 물음에 하는 말.

"아뇨! 잘 모르는 바람에 열심히 공부했어요.
안다고 반드시 좋은 결과를 얻는 것이 아니에요."

강문수 님

천동설 증명하려고 목성 관측기록을 평생 남긴 서양 목사님이 계셨죠. 그 관측기록을 바탕으로 케플러의 법칙이 만들어지고 지동설이 증명되었다니, 착각도 열심히 하다 보면 발전의 계기가 될 때도 있으니 세상 이치가 오묘해요.

이연철 님

맞습니다. 다 안다고 되는 게 아니지요. 세상 이치 안다고 글 잘 쓰는 것 아니고 성경 지식 많다고 예수님 잘 믿는 것도 아니랍니다.

김정아 님

이럴 때는 모르는 게 약이라는 말이 어울리겠네요.

정종기 님

조 교수님 강의도 들었는데, 해부 이야기는 처음 듣는군요.

『목련꽃 필 무렵 당신을 보내고』 출판기념회에서

14번의 교정, 햇수로 5년 걸려 나온 책, 복숭아밭 농부 이춘기 옹의 30년 일기 발췌본.『목련꽃 필 무렵 당신을 보내고』(학지사)

엮은이인 내 덕에 책이 나왔다면서 열린 모임.

이 일기에 가장 많이 등장하는 인물 이종대 님. 초등학교 5학년 때 졸지에 어머니 여의고 생고생하다 형들 따라 도미, 뉴저지에서 꽤 큰 미용 용품 가게 운영하는 분. 거의 마지막 순서에 나와 하는 말.

"어머니는 내 손 잡고

금요일 구역예배 드리러 가는 논두렁길에서

어쩌면 평생 해주시고 싶은 교육을 다 하신 듯해요.

이럴 땐 이렇게, 저럴 땐 저렇게.

그때는 너무 어려 무슨 말인지 잘 몰랐는데

이상하죠. 돌아가시고 세상 살면서, 그 말씀들이 떠오르는 거예요.

그중의 한 말씀.

'남자란 입이 무거워야 한다.'

그 말씀 때문에 나는 지금껏 말 잘 안 해요. 살아보니 꼭 말이 많아야 하는 것도 아니더라고요. 말 많지 않아도 다들 나 좋아해요.

무조건 들어주거든요."

끄트머리의 그 말

말 많은 편인 나를 뜨끔하게 하는 말이었습니다.

이연철 님

작가도 말 많은 족속 가운데 하나. 쓸데없는 글보다 쓸데 있는 글
써야 하는데...(이 댓글들. 쓸데없는 것 아닌지?)

 박미례 님

말 너무 안하면 치매 걸림. 입이 무거워야 하는 건 맞음. 입이 무겁다
는 건 하지 말아야 할 말을 하지 않는 것. 재치 없이 무조건 입 다물고
있는 건 치매 전조증. 명랑생활 방해하는 마귀. ㅎㅎㅎ 치매 걸리지 않
으려면 대화의 기술 필요함. 주고받고, 주고받고. 꼭 필요한 말로.

 한홍순 님

약이 되는 말씀입니다.

 김기서 님

말 많은 것과 입이 무거운 것. 같은 듯 다른 말.

못 말리는 처조카

ㄱ대 사회학과 졸업하고 은행 다니다 호주 유학 가겠다는 처조카.
제발 아들 말려달라는 처남의 부탁을 받았으나,
처조카 만나본 나는 차마 못 말렸습니다.
목적이 아름다웠기 때문.
"제 꿈은요, 유니세프 들어가 봉사활동 하는 것.
그래서 사회학과 다녔고, 호주 유학도 가려는 것.
사회학박사학위 받고 영어회화능력도 키워야 그 일을 잘해낼 수 있으니까요."
집안 형편 생각하면, 뜯어말려 은행 잘 다니라 해야지만,
너무도 갸륵해 못 말렸죠. 오히려 격려하고 칭찬했죠.
지금 변호사인 처조카는 다문화 가족 등 어려운 이들 돕는 중.
호주에서 석사학위 받고 돌아와,
한동안 월드비전에서 일하다, ㅅ대 로스쿨 졸업해 그러는 중.
로스쿨 간 것도 좋은 제도 마련 등 근본적 도움 주려는 동기 때문이랍니다.
'유학 가는 것 말리랬더니 도리어 격려하고 부추겼다'며 섭섭해 한 우리 처남.
지금은 아들이 자랑스럽다네요.^^

김용혁 변호사

이런 황금 같은 일류대 출신이 더 많아지길!

김명상 님

훌륭한 조카를 못 말리신 장로님이 더 훌륭하시네요. 조카는 멋진 젊은이.

최상열 님

인생은 정답이 없는 것 같습니다. 결과가 좋아 천만다행입니다. 교수님, 게임에 빠져 게임 개발자가 되겠다는 제 아들 좀 말려주세요.

이동준 님

이태석 슈바이처 같은 분들도 계셨지요~ *.*

조완미 님

정말 나보다 남을 먼저 생각하는 젊은 친구들이 많아지기를 기도해야겠네요. 내 아들부터요~

배영동 님

꿈과 실천력이 자신을 바꾸고 세상을 바꾸지요. 그래서 하늘은 스스로 돕는 자를 돕는다는 말이 생겼겠죠. 입학 일류대보다 졸업 일류대를 만든 것이 우리 사회를 돕는 길이고 바꾸는 길이라 생각해요.

약 먹일 필요 없어요

내가 사는 아현동에 있는 대호약국이란 약국.
얼굴에 파란 흉터가 있는 약사 분.
오광근 선생님이셨던가?
그분은, 여느 약사와는 달랐습니다.
대부분은 어떻게든 약을 많이 팔려고 안달안달,
그래서 1일분 달라면 3일분을 안겨주기 일쑤인데,
그분은 달랐습니다.
한번은 아들 녀석이 무릎이 아프다기에,
큰 병인가 싶어 데리고 갔더니 하는 말.
"이거 성장통입니다.
애들이 한참 성장하면서
뼈가 몸의 성장 속도를 따라오지 못해
일시적으로 생기는 통증이죠."
약 좀 달랬더니 하는 말.
"약 먹일 필요 없어요. 가만 두면 저절로 나아요."
다시 한 번 만나고 싶은 그분.
지금 어디 계신지는 모르나,
오늘도 어떤 손님에게 이러고 있을 분.
"굳이 약 먹을 필요 없어요. 좀 참으면 나아요."

엄선용 님

사람이 사람을 이용의 대상으로 보느냐, 사랑의 대상으로 보느냐에 따라 결과는 늘 달라집니다. "내가 너를 사랑한 것 같이 너희도 서로 사랑하라." 하셨는데...

김경숙 님

이 교수님 생각을 닮고 싶어요.

박석화 님

남보다 배움도 소득도 많을 분들이 그러는 것 정말 문제인데, 이런 분 많으면 좋은 세상 빨리 올 듯합니다.

김수정 님

의사보다 한길 높은 약사시네요

3장

접경 주민으로 살기

: 사회·문화의 이모저모

접경 주민으로 살기

우리 집은 중구와 마포구의 경계
우리 집까지가 중림동
그 옆집부터는 아현동
집을 나서 몇 발자국 걸으면
길바닥 위의 경계 표지

중구 ↔ 마포구

매일 아현동 산성교회로 새벽기도 가는 나
하루에 두 번씩은 경계를 넘나듭니다.
문 대통령이 김 위원장과 남북 오가듯
여름이면 그 경계선 부근에
두 동네 할머니들이 한데 모여 도란도란 정담 나눕니다.
마치 판문점 만남처럼

언젠가 안동대 임재해 교수가 내 학문을 일컬어
경계선상의 것들을 주로 다룬다고 평하더니만
경계에서 살기
무슨 팔자소관인지도 모를 일입니다.

조동일 은사님

오늘 글은 명문이로고.

권오만 은사님

아주 좋아. 우선 이런 소재 만났다는 것부터가 특별해.

김정무 님

언제나 우린 그 경계에서 머뭇머뭇거리질 않나요. 제 인생이 세상과 신앙의 경계를 가지도 오지도 않는 듯합니다.

이연철 님

세상 모두가 경계에 사는 일인 것을...

박미례 님

그게 요즘 잘 나가는 융합. 잘하고 계심. 아주아주 미래지향적인 삶임.

한홍순 님

장로님께서 지금까지 쌓아오신 모든 것들이 자연스럽게 글이 되고 시가 되어 나오는 것 같습니다. 대단하십니다. 부럽습니다.^^

그냥 하던 일 하다 가기

박사과정 때 강의 들은 이혜순 선생님.
이대에서 은퇴하신 지 15년, 엊그제 식사 모신 자리.
대부분 은퇴 다가오면 제2의 인생 위해 새로운 일들 준비하는데
다른 말씀을 하십니다.

"난 준비 안했어요. 그냥 하던 일 하다 가는 거죠.
하던 연구 계속해 글 쓰다가 힘 빠지면, 범위만 좁히는 거죠.
그 글들이 모여 책이 되면 좋고, 안 돼도 그만이고."

이것도 멋진 생각.
그냥 살아오던 대로 걸어가기.
기운 다할 때까지 그냥 그대로
내게 주어진 길을 꾸준히… 윤동주처럼.

선생님, 부디 건강하셔요.

○ 박교순 님

　　'그냥 하다 보니 이렇게 되었다'라고 하는 게 진정한 성공이라고, 제 스승이 말씀하셨는데 같은 맥락!!!

○ 송찬구 님

　　나도 그냥 하는 일하다가 죽으면 좋겠네.

○ 구영회 님

　　소박한 듯하면서도 참 알차고 정확한 정리이신 거 같은데요. ㅎㅎ

○ 배영동 님

　　가장 자연스러운 은퇴와 은퇴 후의 모습이죠.

○ 하순철 님

　　일상의 연속이 우리의 삶이네요.

○ 김상한 님

　　아, 나도 그 날이 점점 다가와서 어떻게 해야 할지 고민했었는데 이제는 닥치면 그 때 찾아보는 쪽으로 마음먹었습니다.

○ 이언철 님

　　하던 일 그냥 할 수 있는 게 최고의 행복인 줄 아시오!

서울시 균형발전 시민대토론회

25개 자치구에서 모인 250여 시민참여단이 가진 6시간의 토론회.
2018 서울시 균형발전을 위한 시민참여단 대토론회.
강남에 비해 낙후된 강북을 발전시켜 균형을 이루자…
여기에는 의견 일치.
다만 그 재원을 어떻게 조달할 거냐를 두고 숙의.
잘사는 강남구 예산으로 할 거냐, 서울시 예산으로 할 거냐…
갈등관리심의 위원 자격으로 참관하다 문득 드는 다소 엉뚱한 생각.

70년대 강남 개발 이전엔 강북이 더 잘 살았지. 아니, 조선시대엔 강북만 서울(한양도성)이었지. 강남은 경기도 광주군 허허벌판, 농사 짓는 시골이었지.
양지가 음지 되고, 음지가 양지 되는 세상. 그러니 도로 강북이 양지 되고 강남이 음지 될지도 모를 일.
실제로 이번 토론회에서 어떤 도봉구 주민이 했던 싱싱한 발언 하나. 강북 찬가.
"이웃 간에 정도 살아있고요, 아름다운 산도 있고요, 여기 사는 것 긍지 느껴요. 강북만의 개성을 살리는 방향으로 발전시켰으면 좋겠 어요."
올 가을 가장 최고의 날씨였던 지난 주말에 참석한 이 모임.
자기 긍정의 이 한마디만으로도 보람 충만 충만.^^

신윤승 님

학창시절을 강남에서만 보냈기에 강북은 뭔가 어수선하고 불편한 공간이라 여겼는데, 나이 들면서 강북의 매력에 점점 더 빠져들어요. 왜 진즉 몰랐을까? 가을 다 가기 전 정릉 산책을 다녀오려 합니다.

 김만호 님

강남 아파트 세 채를 팔아 들어온 강북. 지금은 이집을 팔아 강남 한 채도 못 사니~ 만세나 불러야지. 만세, 만만세^^

 김상한 님

도봉구 주민인 내가 늘 하는 소리. 조금 복잡하고 낡았지만 익숙해지면 거기가 거기. 그래도 아파트 가격 차이는 너무 심해요.

 남연호 님

저도 제기동-안암동을 떠나기 싫답니다. 이 동네 주민 중에는 미국 대학 출신이 거의 없기 때문입니다.

 이연철 님

거, 이복규 선생은 안 끼는 데가 어디유?

절친은 5명 이내

평생 친구는 평균 5명 이내
친구 관계 지속 기간은 평균 7년

믿을 만한 데서 조사 연구한 결과라네요.
평생 지속적으로 교감하며 관계를 유지하는 친구는 적다는 것.

친구 적다고 기죽지 않기로 했습니다.
서넛이면 감사 대만족할 일.^^

김미진 님

요즘 sns 온라인에서 팔로워 십만 명 넘어도, 정작 연락주고 받으며 친하게 지내는 사람 20명도 안 된다 해요~

배영동 님

부부도 졸혼 하는 시대니, 졸친 또는 졸우가 왜 없겠습니까? 옛 선현들의 친구 관계가 궁금해질 때가 있슴다. 도와줘도 돌아서서 잃어버린 보따리 찾아달라는 사람은 없었는지, 무리한 부탁 안 들어준다고 홱 돌아서는 사람은 없었는지요? 선현들은 이럴 때 어찌했을지.
흔히 말하는 당색이 달라도 교류한 사람도 있고, 같아도 가깝지 안은 사람도 있는 듯하고요. 명분이냐 우정이냐 이해관계냐, 뭐 이런 걸 두고 고민이 될 때가 많은 듯한데요. 이해관계로 판단하는 사람은 친구로 보기 어렵다는 생각이 들고요.

이연철 님

늘 걱정인 게, 아무리 생각해도 내 관 들어줄 6명이 없을 것 같아서, 그게 좀...

윤금자 님

나이 들어서도 옆에 친구가 많아야 치매에 덜 걸린다고 하더라구요.

철수와 영이

광복 이후 우리나라 초등학교 첫 국어책에 나오는 인물
철수와 영이
처음에는 이 둘의 관계가 무엇이었는지 아시나요?
남매간.
그러다가 몇 년 후부터는 바뀌었다죠.
친구 사이로.

아직도 우리 의식이 혈연중심주의에서 벗어났다고 믿지는 않지만
그래야 한다고 생각한 교과서 집필진의 생각은 여전히 귀한 일.
요즘 국어책에는 다문화 친구 관계로 나와야 하겠지요, 아마.
친구가 많아야 행복하다는 연구결과도 발표되었다니
더욱 이렇게 가르쳐야 할 일.

강문수 님

조선 유교가 망한 이유 중 가장 설득력 있다고 생각되는 주장은 가문중심주의! 국가보다 가문이 우선되고, 개인보다 가문이 우선시된 부작용이 개인과 사회의 발전에 걸림돌이 되었다네요. 공자 말씀을 지 입맛에 맞는 것만 취사선택한 결과라 생각됩니다. 음식이나 성현 말씀이나 모두 골고루 섭취하는 것이 중요하겠지요. '수신제가치국평천하' 얼치기 선비들 제가에만 몰두한 결과 조선이 망했죠. '수신제가~' 이걸 제대로 실천하려면, 『대학』에 나오는 공자 말씀 따라, 수신보다 앞선 단계인 사물의 본질을 먼저 성찰해야겠죠. 나아가 자신의 행동 근거를 수시로 반성해야 가능할 거예요.

이연철 님

ㅎㅎ 제 생각엔 부부 관계였으면. 부부관계도 일찍부터 배워야 행복한 가정되고, 이혼율 떨어집니다!

미투 운동의 종점

미투 운동이 한창입니다.
문학예술계에서 종교계와 정치계로.
아마 다음에는 내가 속한 대학?

내 보기엔 문화혁명이 일어나는 중입니다.
후천개벽처럼 새 시대가 열리고 있는 것.
새 시대를 위해서는 새 제도가 마련돼야 할 일.
그래서 더 이상 이런 운동이 필요 없게 해야 할 일.

예컨대, 미국 대학에서는 교수와 학생의 연애를 불법으로 규정,
아예 금지한답니다.
오랜 토론 끝의 결론이라죠.
대학생이면 성 자기결정권을 지닌 연령이라지만
교수와 학생은 절대 대등한 관계가 아니라
힘의 우열(권력) 관계라 보았기 때문이랍니다.
실제로, 이런 제도가 만들어지기 전에는
몸으로 학점 따는 일이 공공연하게 있었다네요.
우리도 이런 예들을 참고해야 합니다.
개개인의 이성과 절제력에만 호소하기에는
섹스 본능이 위험할 만큼 강력하기 때문.

이연철 님

어느 목사님의 말. 미투나 목사님의 안 좋은 얘기를 들을 때마다 "다음은 내 차례다"라고 되뇌며 근신에 근신을 했다고. 그래서 지금 여기까지는 곱게 왔으나 다음은 자기도 잘 모르겠다고. 그러니 자꾸 기도해 주고, 지도해 달라고.

김기서 님

사회혁신의 무게가 담긴 열쇠말, 미투. 그동안 중화반점에서 손님들이 딴에는 생각 담아 흔히 써왔던 가벼운 말인데...

한홍순 님

언제나 좋은 말씀 감사합니다. 밝아지는 느낌입니다.

김수정 님

'나도'의 후에는 '나부터'라는 기분 좋은 운동도 일어나겠죠.

쓰레기 수거

대형쓰레기 수거하러 왔기에
책상이며 의자며 날라다 주었지요.
책상 위에 덮었던 유리를 갖다 주자
한 인부가 동료한테 묻습니다.
"유리도 받아?"
그 말 떨어지기가 무섭게 하는 대답.
"사람만 빼놓고 다 받아!"

이연철 님

더러는 사람도 받아주면 좋으련만. 그런 인간 너무 많아.

윤금자 님

지금은 돈만 주면 사람만 빼놓고 다 받아요.

김기서 님

한국에서 필리핀에 수출한(?) 재활용품이 쓰레기 판정을 받았는지 되돌려 보내겠다는 마찰음이 들리는 2019년 벽두. 유리는 절대로 쓰레기 아녀유우.

김수정 님

힘든 일을 대신해 주시는 고마운 분들입니다. 늘 감사드립니다.

옷가게 주인의 경험담

"여자 여럿이 오면 절대 못 팔아요."

옷가게 주인의 말입니다.
왜냐니까 하는 말.

"이 옷 고르면 저 여자가 별로라 하고
저 옷 고르면 이 여자가 삐쭉거리고.^^"

그만큼 여성은 섬세 예민하다는 말씀이렷다!

이연철 님

내가 장사할 생각조차 먹지 않는 이유가 바로 이거렷다!

윤금자 님

여성은 좋게 표현하자면 섬세, 예민한 거고 주인의 시선에서는 까탈스럽고 별난 거죠.

김기서 님

쇼핑백 여러 개 든 남편과 동행한 여성고객은 대환영.

복덕방 주인의 경험담

복덕방 이전한 분이 있어 축하 방문해 점심 먹다 들은 경험담.

"남편 혼자 올 경우의 계약률은 5프로 정도.
(집에 가서 물어보고 결정할래요.^^)
부인 혼자 올 경우엔 85프로쯤.
부부가 함께 오면 거의 100프로.^^"

그래서 이력난 중개업자는 결코 힘 낭비 않는답니다.
남자 혼자인 데다 결정권 없는 눈치면
이리 말한다죠.

"그러지 마시고, 부인과 함께 오셔서 결정하시지요."

그러면 아주 좋아라 하며 간답니다.
자존심 때문에 차마 자기 입으로 못하는 말을 대신해 주니 고마워
하며.^^

이제 보니 복덕방 영업은 관상 눈치학과 심리학의 짬뽕.

안건수 님

복덕방은 너무 오래된 우리의 뇌리에 박힌 용어 아닐까? 부동산이나 아니면 요즘은 공인중개사라고 불러줘야 그나마... 복덕방은 담배 연기 자욱한 옛 노인들이 고스톱 치는 장소로 인식될 뿐... 한국인의 가장 소중히 여기는 자산, 부동산의 매매를 중개하는 곳으로는 갈수록 세련되고 고급스럽고 깨끗한 장소로 많은 정보를 얻을수 있는 공인중개소를 거래하려 함(복덕방을 자주 가는 대출상담사 안건수의 생각ㅋ).

 이연철 님

일찍부터 마누라 입김의 영향력을 깨친 분!

 김기서 님

복덕방에 담긴 뜻은 계약과 계산을 넘어 복과 덕이 넘치는 공간. 오매 믿음이 가요.

세무사의 경험담

30여 년간 세무사 일을 하는 분이 들려준 말.

"유산이 1억 이하인 집 형제들은 안 싸웁니다.

1억에서 10억 사이인 집에서는 좀 갈등이 생겨요.

10억 이상 100억이면 대체로 남은 생을 서로 의절하고 삽니다.

100억 이상인 경우에는 거의 다 소송을 해서 변호사 좋은 일만 시키고 간혹 살인이 일어나기도 합니다.

꼭 그런 건 아니지만 대체로 그렇습니다."

이 말 듣고 우리 아버지한테 감사했습니다.

이연철 님

저는 아버지께 더 감사!!!

김기서 님

오래전 신문기사 하나. '한남대교에서 노인 투신자살!' 남편 먼저 저 세상에 보내고 서초구 구반포 아파트에서 홀로 살며 수십억 재력 있다 평가되었던 할머니. 자식들도 나름 잘 살고 있다는 보도였는데. 망자의 마음을 아는 이는 누구일까?

김수정 님

안 싸울 테니 좀 주시면 안 될까요?

층간 소음

쿵쾅쿵쾅
아이들의 발자국 소리가 시끄럽다며
수시로 뛰어 올라와 항의하던
아래층 사람네가 이사 가고는
아무도 뛰어 올라오는 일 없더라지요.
아직 아무도 이사 오지 않았나?
그렇게 여기고 있던 어느 날
웬 노부부가 올라와 조용히 묻더라지요.

"아래층에 새로 이사 와 살고 있는데요,
늘 쿵쾅거리더니 오늘은 어째 조용해 올라왔다우.
혹 아이들이 아프지는 않은가 해서."

그 말에 감동 먹어 더욱 조심하게 되더라네요.

이연철 님

노부부, 단수가 높은 거 아닌가? 손자네 집 아파트 가면, 아이에게 "뛰지 마라"가 "사랑한다"보다 많으니. 쩝!

 윤금자 님

감동 그 자체네요. 이런 어르신들만 계신다면 층간소음으로 생기는 갈등, 분쟁들은 없을 텐데. 저도 기억해 뒀다 이런 일 있음 써먹어야겠어요.

 김기서 님

층간소음도 때론 존재감을 표출하는 도구.

 김수정 님

정말 어른이신 거죠. 근데 층간소음은 건축업자에게 따져야죠.

애완견

시골에서 똥개는 키웠어도 애완견은 키워본 일이 없습니다.

애완견 키우는 사람을 보면 나도 아내도 이해하기 어려웠습니다.

그런데 3년 전, 딸 쌍둥이 낳은 처조카네가 맡아달라며 놓고 갔습니다.

말티즈라는 지중해 지역 종자인데 키워보니 이쁘고 맹랑합니다.

나갔다가 오면 어찌나 반기는지, 호흡곤란에 부들부들 떨기까지 합니다.

가족 중에서 아직까지 그렇게 나를 그렇게 반기는 사람은 없습니다.

외롭게 사는 분들이 왜 애완견 키우는지 이제 알 만합니다.

고기나 생선을 먹으려 하면 얻어먹어 보려고 집중해서 깜박도 않는 눈망울.

하나님께 간구하는 우리의 기도 자세도 저래야 하지 않을까?

미처 몰랐던 것들을 애완견을 키우며 깨닫습니다.

엊그제, 처조카네 쌍둥이가 제법 자랐으니 곧 도로 데려가겠답니다.

3년 정도 깊게 들어버린 정을 어떻게 떼어야 할지….

요즘 그게 고민입니다.

다시는 애완견 안 키우겠다고 아내와 다짐 다짐을 하면서.

이연철 님

그러니 애완견 키우는 것도 잘 생각해야.

 한홍순 님

헤어지기가 더 힘들어요. 이사 오면서 아파트라 못 데려오고 가까운 이웃에게 보내고 왔는데, 한동안 눈에 밟혀 혼났어요. 흑.

 김수정 님

한 생명을 들이는 것은 한 세상을 들이는 것. 하나님의 사랑을 깨닫는 통로 중 하나인 것 같습니다.

우리 작명의 특징

우리 작명문화의 특징은?

창작이란 점.

다른 나라는 대부분

이미 있는 말이나 이름을 갖다 붙이기.

독일 유학 다녀온 선배 말로는

학교에서 출석부를 때

요한! 하고 부르면 절반 정도가 요한이랍니다.

누구 아들 요한인지 밝혀야만 한답니다.

우리 이름은 다르다.

유일한 이름을 지어주려 했습니다.

그래서 작명이라 합니다.

그런데 왜 교육도 평가도 아직 획일적인지?

알다가도 모를 일입니다.ㅠㅠ

이연철 님

뭘 알다가도 모르나요. 다 아심시롱.

 박미례 님

인간의 자유를 억눌러야 정치하기 좋아서. 대한민국에선 우린 관리 대상 종목.

 한홍순 님

지혜로우신 우리의 조상님들.^^

 김기서 님

인터넷 검색창에 내 이름 석 자 넣어 찾아봅니다. 쏟아지는 동명이인. 이름보다 많은 게 사람.

홍시가 뭐예요?

"홍시야, 너도 한때 무척 떫었었지?"

일본 하이쿠 가운데 내가 좋아하는 작품.
언젠가 카자흐스탄 알마티 갔을 때
그곳 사람들한테 이 작품 들려주자 하는 말.
"홍시가 뭐예요?"
알고 보니 그곳에는 감이 없다는 것.

"완전한 번역은 불가능하다, 번역은 반역이다."
왜 이렇게들 말하는지 그때 비로소 깨달았습니다.
남의 말 제대로 이해하기도 이리 어려운 거겠지요.
서로 풍토가 다르고 문화가 다르니까.

배영동 님

아하. 그렇군요. 카자흐스탄에는 감이 없구나. 우리 조상들은 집을 짓고 살만한 곳인지 판단하기 위해서 미리 감나무를 심었다고 해요. 감나무가 잘 자라면 집터로서 무난하고 감나무가 잘 자라지 않으면 살 곳이 아니라고 봤다죠. 그래서 집주변에 흔히 감나무가 있답니다. 아마 온도와 습도가 제일 중요하지 싶어요.

백송종 님

네.^^ 맞아요. 교수님. 일본에는 까치라는 새가 없어서 이름을 말해도 잘 모르고요, 개나리라는 꽃도 이름은 있지만 일본에는 없는 꽃이에요.^^ 그래서 그 이후로 까치와 개나리를 더욱 우리의 새, 우리의 꽃으로 생각하게 되었습니다.

조용진 님

일본 가서 묵는 여관방 액자에 있는 하이쿠 생각나네요. 桃栗三年 柿七年 俺一生(도율삼년 시칠년 엄일생) 복숭아와 밤은 3년이면 열매 맺고, 감나무는 묘목 심어 7년 걸려야 먹을 것이 달리는데, 나는 평생 해도 무엇을 이룰지... 매년 일본미술해부학회에 갈 때마다 되새깁니다.

이수진 님

ㅎㅎ 유럽에서 오신 수녀님이 한국에서 감을 처음 드시고는 "하늘에서 내려준 천연 잼"이라고 하신 기억이 나요. ㅎㅎㅎ

이연철 님

소생은 아직도 땡감!

부의함 위치

부산 출신 어느 교수 모친상.

엊그제, 먼 길이지만 KTX 타고 찾아간 빈소.

입구에 책상은 놓여 있으나 부의금 넣는 구멍은 없습니다.

문상하고 나와서 누구한테 물으니 분향단 왼쪽에 있다고.

겸연쩍지만 다시 들어가 살펴보니 정말입니다.

문상 마치고 부산 역 가면서 택시 기사한테 묻자,

마산이 고향이란 그분 말.

"이 지역은 다 그래요.

아마 누가 훔쳐갈까 봐 그런가 봐요. ㅎㅎㅎ"

내 생각은 다르다. 설마 그 이유 때문만일까?

저승길 노잣돈 보며 마음 놓고 떠나시게 하려는 마음에서

그러는 것 아닐까요?^^

김정훈 님

저승길도 돈 없으면 서러우니.

이수진 님

ㅎㅎ 교수님. 해석이 우아하세요.^^ 누군가는 바른 예법이 아니라고 꼬집던데요.ㅎㅎ

이동원 님

장로님의 글을 보니 이런 생각이 드네요! 무엇을, 누군가를 어떠한 시선으로 바라보느냐에 따라 많이 달라지는 것 같아요. 항상 사람들을 만날 때 부정적 혹 적대감으로 대하는 것이 아니라 하나님께서 택하신 사람으로 본다면 훨씬 더 하나님의 사람답게 살아갈 수 있지 않을까 생각이 들어요~

이연철 님

부의함이 너무 떡하니 보여도 그렇고, 안 보여도 그렇고.

정진 님

저도 교수님 의견에 공감해요. 고인을 위한 노잣돈.^^

자정의 닭 울음소리

김장 도우러 내려간 부여 시골 처형 댁.
자정 무렵 들려오는 닭 울음소리.
시계도 없던 진짜 순 아날로그 시절,
우리 어머니들의 알람이었던 바로 저 소리.
통학하는 자식들 새벽밥 해 먹일 때
저 닭 울음소리 듣고 일어나신 어머니들.
새벽에 울어야 정상이건만 더러 이렇게
자정이나 너무 일찍 울어버려 어머니 골탕 먹이곤 했던 저놈.

안 속는다 이놈아.
지금 정확히 밤 11시 55분 10초다 이놈아.^^

김상한 님

이게 다 인간이 만든 문명의 부산물. 낮밤 없이 사람들은 부산하고 밤새 켜놓은 가로등 탓에 밤인지 새벽인지 통 알 수 없으니 속상해서 한번 울어야지. 꼬끼오. : 닭 생각

송찬구 님

오늘 깍두기. 으이그 손 베 먹었넹. 아마추어!~~ 내 엄마도 막내 통학시키며 3년 지각 한 번 안 했다고. 달이 훤하면 밥 해놓고 밥 먹고 학교 가라고. 이야깃거리 많지...~~~

은재호 님

ㅎㅎ 교수님 매번 좋은 글로 위로해주시니 감사합니다. 조만간 닭이라도 한 마리 잡아 모셔야겠다는 생각이 드네요.^^

이연철 님

닭시계보다는 배꼽시계가 더 정확!

남연호 님

이육사의 시 〈광야〉에도 닭 우는 소리가 나오지요.

인삼처럼 무도

우리 인삼을 미국에다 심으면 약효가 없다더니
부여에 귀향해 농사짓는 손윗동서가 김장하며 일러준 사실.
무도 그렇다네요.
올해 다른 밭에 심자 곱절이나 크고 맛도 더 좋아졌다네요.
3~4킬로 족히 나갈 갓난아이만 한 무들.
아마 더 기름진 흙 때문일 거라네요.

씨도 중요하지만 토양이 아주 중요하다는 엄연한 이 진실.
문득 세계에서 가장 아이큐가 높다는 우리나라 아이들 생각.
충분히 잘 자라게 기름진 밭이 돼 주어야 할 텐데….

강문수 님

'강화 순무'도 인천에 심으면 크기가 절반 정도로 줄어들고, 알싸한 맛도 많이 떨어지죠. '돌산 갓'도 사정은 비슷해요. 과학적 농법에서는 토양 분석이 중요해요. 파종 시기도 중요하죠. 이번 여름에 너무 더워서 좀 늦게 심었더니 김장 무가 절반도 못 컸어요. 공부를 비롯해 세상 모든 일이 환경과 때가 중요하죠.

 백송종 님

네. 한국에서 배추씨 가져다가 일본 땅에 심어도 땅이 비옥해서 수분이 많은 배추가 되어 버린대요. 그래서 어쩔 수 없이 일본은 한국 김치를 흉내 내지 못하고 수입에 의존할 수밖에 없다죠. 상추도 마찬가지인데요, 우리 상추를 일본 땅에 심으면 처음에는 비슷하게 자라는 듯하다가 실패하고 말아서 지금은 전량 한국에서 수입. 덕분에 보따리 장사가 매일 아침 공항에서 상추를 실어다 일본으로 나르느라 바쁘다고 들었습니다.

 전무용 님

한국 사과 배 캘리포니아에 가져다 심었더니, 비옥한 땅이라 열매는 더 큰데 맛은 아무 맛 없더라 하는 말, 거기 가서 들은 적 있습니다.

 김상한 님

결론은 씨보다 밭이 더 중요하나 좋은 씨와 좋은 밭이 만나면 가장 좋다는 것이군요.

 이연철 님

그러니 결혼할 때 너무 인물만 보지 마쇼.

비가 오신다

오랜 폭염과 가뭄 속에 내린 소낙비
후두둑 후두둑
반가운 소리와 함께 쏟아지는 비
어제 오후 학교 연구실 창밖으로 보고 듣다가
얼른 가족 단톡방에 올린 글.

"정릉에는 비가 오셔요."

고향에서 어른들한테 듣기만 하던 그 표현
비를 인격체로 여기는 그 말
하도 반가워 나도 모르게 썼습니다.

연구실 나설 때까지도 그치지 않는 비.
우산을 펼쳐 받자니 왠지 미안한 마음
그냥 맞아야 예의일 것만 같은 생각.
문득 카자흐스탄 갔을 때
우산 없이 온몸으로 비 맞던 그곳 사람들 생각.
습도가 낮아 금세 마른다지만
비를 반기는 마음의 표현 아니었을까요?
오는 비는 올지라도 한 댓새 오셨으면 좋겠습니다.^^

강문수 님

김소월과 저희 할머니 냄새가 은은하게 풍기는 글 잘 읽었습니다. 야속하게도 인천은 소나기도 안 오네요. 예전에 어린 시절 햇볕 가득했던 안마당에 갑자기 소나기가 후두둑 떨어지면 호떡집에 불난 듯 난리가 났었죠. '비설거지 하자' 할머니 말씀 떨어지기 전에 재빨리 어머니는 후다닥 빨래 거둬들이고, 할머니는 장독대로 달려가 항아리 뚜껑 닫던 모습 눈에 선합니다. 이제는 아파트 사느라 비가 와도 비설거지 모르는 삶을 살고 있네요.

 이연철 님

하늘에서 내리는 것은 모두 선한 것이리니... 터어키 작가 오르한 파묵의 어느 소설 첫 구절이던가?

 김수정 님

가물에 반가운 분, 사흘간 내리 오시면 '이놈의 비'

최고의 문상

우리 문화에서
최고의 문상은 무엇일까요?

넉넉한 부조?
함께 울어 주기?

아닙니다.

상주 웃게 하기.
슬퍼만 하게 내버려 두면 몸 상하니까 그런 거라죠.
밤새 화투 치는 것도 원래는 그런 마음에서라죠.

강문수 님

밥 달라, 술 달라, 화투 달라— 상주 정신없게 하기. 그래서 결과적으로 상주 슬퍼할 겨를 없애기. 3일을 그렇게 지내다 보면 슬픔의 강도가 줄어들어 버틸만하게 만들어 주기. 문상의 기초 기능이겠죠. '상주 웃게 하기'는 한 발 더 나아간 최고급 기술!

 이연철 님

노름하다가 곧잘 쌈박질. 친구들이 말리다가 하다 하다 안 되면 결국엔 상주가 뜯어 말리고.
이런 쌈박질은 상주 정신 빼려고 하는 건 아니겠지?

 김수정 님

요즘 아이들에게는 문상은 문화상품권입니다.

위생적인 우리 인사법

미국인은 만나면 악수하고
터어키인은 만나면 껴안고 볼 대지만
떨어져 머리만 숙이는 우리 인사.

북한의 어떤 학자가
이런 우리 인사의 특징을 연구한 글에서
이렇게 해석.

아주 위생적인 인사법.^^

강문수 님

우리 인사법의 문화적 배경이 신분, 상하관계에 따른 상대방보다 낮게 고개 숙여 존경심 표현하는 것이라면, 서양의 악수는 무기 없는 빈손 보여주기. 히틀러식 인사는 그 최대치이겠죠. 북한이 우리 인사법을 강조하는 속사정은, 어려운 경제사정으로 돌림병이 돌아도 약이 없으니 예방 차원에서 악수대신 신체접촉이 없는 고개 숙이는 인사법을 권장하는 것이지요. 자본주의 의료는 치료 의학이 발달하고, 북한이나 쿠바 등 사회주의 국가의 의료는 예방 의학이 발달한다고 하네요. 환자 많이 치료한다고 월급이 오르는 게 아니니까. 😆

 이연철 님

어릴 때부터 인사 잘 안 한다고 혼나던 나. 지금도 마찬가지. 이건 왜 그런 거요?

 배영동 님

우리의 인사법은 애초 공격하지 않는다는 전제로 상대를 인정하고 존중하는 것이겠지요.

시집살이 없는 곳

중앙아시아 고려인을 만나기 전에는
한민족 여성이면 누구나 시집살이한 줄로만 알았던 나.
그래서 고려인 시집살이 이야기 조사해 연구비 받으려 했었죠.

아니었습니다. 그게 아니었습니다.
카자흐스탄 고려인 할머니들 만나 시집살이 이야기 들려 달랬더니만
없답니다. 시집살이 자체가 없었답니다.
온 가족이 함께 나가 일하는 사회주의 나라라 그런 것 없다는 말씀.

유교문화권을 벗어났기에 가능한 일.
여기 살았으면 어림없는 일이었겠죠.
똑같은 한민족 여성인데 제도와 문화 차이 때문에 달라진 삶과 운명.
적어도 시집살이는 없었던 그곳.
우리가 더 좋은 제도와 문화를 만들거나 도입해 할 분명한 이유
절절히 깨우치는 고려인의 사례입니다.

강문수 님

사람이 문제가 아니라, 문화가 문제네요. 돌아가신 우리 어머니 말씀 — 며느리 상추쌈 먹는 법. 크게 상추쌈 싸서 입에 우겨 넣을 때, 눈이 저절로 치켜떠질 때, 시어머니 째려보기.

할머니가 어머니 시집살이 되게 시켜서인지, 딸은 시집가면 고생한다고 제가 어려서, 여동생 대신 할머니가 끔찍하게 여기는 장손인 저를 부엌에 데리고 들어가 온갖 일을 시키셨어요. 놀랍게도 결혼 후 식혜, 수정과 담그기 마누라에게 가르쳤죠. 다듬이 방망이질부터 메주콩 밟아 으깨기, 메주 만들기, 만두와 송편 빚기는 선수, 시침질, 홈질 반박음질. 마누라 옷 제가 기워주고 있어요. 시집살이는 제가 겪었나 봐요! 😫

이연철 님

요즘은 시집살이가 아니라 늙은 시부모가 눈치 보는 세상. 이건 무슨 '살이'라고 해야 하는지? 단편으로 하나 쓰기는 썼지만 실어줄 잡지 하나 없으니... 참, 늙은 작가가 작품 실어줄 잡지 기웃거리는 건 무슨 '살이'일까?

아무개 님

아들 못 낳는 설움도 시집살이 중 하나였는데 ㅠㅠ 홀어머니 밑에서 식구 하나 덜어드린다는 마음으로 시집을 갔더니, 해가지고 온 것 없다고 젖먹이는 애가 있는 애미 밥그릇도 뺏는 기막힌 시엄씨 ㅠ 제 이야기가 나오면 아마도 펑펑 눈물 뽑을 수 있을 것 같은데 ㅠ

떼계집애

아내 사촌 혼사 피로연 자리.
딸이 있으니 얼마나 좋으냐
우린 아들만 둘이라 개털이다
그랬더니만,
딸 셋에 아들 하나씩을 둔 사촌 처제들이 이구동성으로 하는 말.

"지금은 좋지만
딸만 낳았다고, 아들 못 낳는다고
너무나 맘고생 많았어요."

그러면서 각자 털어놓는 사연들.

"글쎄, 시어머니가 자리 뜨면
시아버지가 뭐라는 줄 알아요?
'아가야, 우리집 대 언제 이어줄 거니?'"

"우리 시아버지는 다른 식으로 볶았어요.
밥상 앞에들 둘러앉으면
아내와 며느리에 세 손녀를 싸잡아
입버릇처럼 한 말.
'떼계집애들, 떼계집애들…'"

강문수 님

형님의 이야기가 이제 자리 잡아 가네요. 서정시라기보다는 산문시에 가깝다 생각됩니다.
깨달음의 한문학 '설(說)' 장르 냄새가 납니다. '설'문학이 '슬견설'처럼 작은 것에서 큰 진리를 발견하는 것이라면, 형님의 시는 작은 것에서 잔잔한 깨달음, 교훈을 은근슬쩍 드러내주어요.

 이연철 님

나는 딸 하나, 아들 하나. 으쓱!

 아무개 님

딸 셋 키우며 시골 드나들며 큰일 치를 때 일하는 손길 곁에서 잠시라도 떼어놓으려 과일 하나 들려준 것을 모질게 빼앗으며, 시엄씨 내뱉은 말! 기집년을 그런 걸 왜 처멕이냐? 하고는 실겅 위로 엎어버리던 기억, 기억들! 눈물 납니다.

 박석화 님

장남에 장손이라 없는 살림에도 대접받으며 자란 내가 봐도 그때는 그랬습니다.

 한홍순 님

저는 못 들어본 새로운 말인 것 같아요.

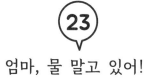

엄마, 물 말고 있어!

사촌누나가 들려준, 쌀밥 먹기 어렵던 시절 이야기

어느 날 손님이 오자
그 귀한 쌀밥을 하더라네요.
좀 달랬더니만 하시는 어머니 말씀.

"기다리렴.
손님이 좀 남기실 테니 기다리렴."
(일부러 밥 남기는 '상물림'문화가 있었기 때문.)

그때부터 누나의 두 눈동자는
오직 밥상 위 흰 쌀밥에 꽂혀 있었고…
마침내 식사를 마치나 싶은 순간
남은 쌀밥 위에 막 물을 부으려는 게 아닌가!

"엄마, 물 말고 있어!!!"

외마디 누나의 소리에 깜짝 놀란 그 손님
물 말기를 중단했다네요.^^

이연철 님

어릴 적 가난해서 오랫동안 죽을 쒀먹었던 기억. 한 3년? 나중에 엄마에게 물어보니 펄쩍 뛰시며 여섯 달도 안 된다고. 그런가? 누구 기억이 맞을까?

엄선용 님

그런 시절이... 왠지 짠... 하고 깊은 감사의 기도가 함께합니다.

이부자 님

가슴 속엔 열지 못하는 아픔 하나씩 품고 가야 하는 것이 삶일까요? 꽃 피는 호시절에도 시린 바람 들어오는 구멍난 가슴처럼 휑한 삶을...

박미례 님

아, 그런 시절도 있었군요. 그래도 60년대는 전쟁 끝나고 어느 정도 세월이 흐르고 나서였는지, 그런 걸 모르고 살았는데... 그 손님도 깜짝 놀라셨겠네요.

한홍순 님

힘든 시절도 추억으로 생각하면 미소가 지어집니다.^^

김기서 님

중국에서는 차려놓은 음식을 손님이 남겨야 주인장이 흡족해 한다네요. 손님이 음식을 남기는 것은 부족하지 않게 차렸다는 표시라나?!

죽을 준비

구한말에 조선에 온 서양 선교사

조선 노인들을 관찰하다 놀랐다지요.

가난하면서도 아주 평안한 얼굴이더라지요.

어째서 조선 노인들은 저리 평안하단 말인가?

나중에야 알았다네요.

죽을 준비를 끝내서 그랬다는 걸.

들어갈 무덤자리도 잡아 놓고

입고 갈 수의까지 마련해 그랬다는 걸.

우리도 평안하게 살려면 그래야 하겠지요?

오래 살 궁리만 할 게 아니라

착실하게 죽을 준비도.

우리 신자들은 천국 들어갈 준비까지.

이연철 님

일본 건축가 안다 다다오가 그랬다죠. "집으로 돌아가는 길도 집이
다" 그래서 그는 집으로 이르는 길까지 설계하거나 배려했다죠. 믿
는 자에게는 천국이 돌아가는 집. 인생은 그 집으로 가는 또 하나의
집. 결국 현세에 열심히, 믿음대로 사는 게 천국 집을 잘 가는 것.

한홍순 님

준비된 자의 여유네요. 노력하겠습니다.

김기서 님

우리 갈 때 수의는 평소에 입던 옷으로. 미리 골라 두어야겠네요.

김수정 님

아직은 밥을 준비하고 싶습니다.

사촌누나의 계란 이야기

시제 모시는 자리에 참석한 한 살 연상 사촌누나
50년도 더 지난 어린 시절 체험을 털어놓습니다.

우리와 한 지붕 밑에서 대가족이 살던 그때
사랑방의 할아버지 상에만 오르던 노오란 계란찜.
어느 날 남기신 걸 작은어머님이 부엌 살강 높은 데 올려놓았고
몰래 훔쳐 먹으려다 뭘 디디고 올라서다 그릇째 깨뜨려 실패.
기어이 계란 먹으리라 마음먹은 누나.
암탉이 알 낳으러 올라가자 호시탐탐 노리며 기다리다
마침내 갓 낳은 계란을 얼른 꺼내
비록 찜은 아니지만 식기 전에 잡쉈다죠.^^
그 맛에 취해 계속 들어먹었고…
그 사실을 모르는 작은어머님이 어느 날 그러시더라죠.

"이상도 해라.
요새 통 닭이 알을 안 낳아.^^"

이연철 님

뭐든 훔쳐 먹는 게 더 맛이 있다는... 아는 사람만 다 안다는...

이부자 님

그때는 계란도 여자는 먹으면 안 된다고 할아버지만 드렸어요. 저도 물었죠. 왜 안 주느냐고? 대답은 여자들은 그런 것 먹으면 큰일 난다고 ㅋ

윤금자 님

계란 귀하던 시절, 아버지 밥상에만 반찬으로 올라가곤 했는데 아버지께서는 다 드시지 않고 꼭 남겨주셨던 기억이 나네요. 작은 어머님도 알면서도 모르는 척 눈감아 주셨던 것 같아요.

한홍순 님

옛날에는 계란이 정말 귀했는데... 배포가 크신 누님이에요. 저는 생각만 해도 간이 떨려요.

김기서 님

공소시효 지나고 또 지난 완전범죄?

4장

그런 학생 또 보내줘요

: 학교와 교육

그런 학생 또 보내줘요

이따금 들어오는 구인 요청.
졸업생이나 4학년 졸업예정자 가운데 일할 사람 보내달라는 요청.
물색해서 보내고 나서 종종 우리를 기쁘게 하는 그 회사의 반응.
"그런 학생 있으면 또 보내줘요"
마음에 쏙 들게 일한다는 것.
그러니 그런 학생 또 보내라는 것.
최근에도 어떤 성실한 남학생을 보냈더니
그런 전화 또 걸려왔다며 싱글벙글하는 우리 학부장.
이번엔 누굴 보낼까 둘이서 행복한 고민.

언젠가는 제법 큰 출판사 사장의 요청 받고
착실한 여학생을 골라 보냈더니만
얼마나 마음에 들었는지 결혼해 버리기도.
직원으로 들어가 사모님 스카웃^^
그 바람에 다른 학생도 취업
20년 가까이 그 출판사 근무 중입니다.

이번 주간이 1학기 종강
학생들한테 다시 일러야지
그대들은 그대들만이 아니라고.
후배와 학교의 얼굴이라고.

이연철 님

이건 대놓고 순전히 자기 자랑입니다. 제자는 스승 닮게 마련이니.

배영동 님

하하하. 앞으로 회사에서 학생 추천해달라면 사장 사모님이 될 학생, 사장 부군이 될 학생을 찾아야겠어요. 아니면 사장 며느리나 사위가 될 사람을 눈여겨봐야겠군요. 사원보다는 역시 가족이 될 사람이 훨씬 신뢰가 가는 사람이겠죠.

채성준 님

머리 좋은 사람이 노력하는 사람을 당하지 못하고, 꾀 많은 사람이 성실한 사람을 이기지 못하는 게 진리.

2
폐강 공포

　요즘 같은 개강 초, 교수와 강사들의 최대 관심사는 폐강 여부.
　자신이 담당하는 과목의 수강 신청자가 일정 기준에 못 미치면 폐강입니다.
　예전과 달리 교양과목 일부만 빼 놓고는 대부분 선택과목이라 마음 놓을 수 없습니다.
　너무 이른 시간에 배정되거나 금요일 오후 늦게 들어가도 불리.
　깐깐하거나 과제 너무 많아도 위험.

　수강신청 정정기간이 끝나 폐강과목 공지가 떴기에 살폈더니,
　어떤 겸임교수는 두 과목 모두 폐강.
　학생이 너무 많아 힘들다 타령하더니 하루아침에 다 폐강이 되자,
　어쩌면 좋으냐며 울상.

　긴장해야 하겠습니다. 한방에 훅 갈 수 있으니까.

이연철 님

블로그에 열심히 글을 올렸지만 방문자가 하루 10명 이하일 때의 심정. 숫자가 뭔지.
숫자를 싫어하지만 세상 기준은 늘 숫자, 또 숫자!

 김기서 님

논문 쓰기보다 더 어려운 수강생 확보. 아빠! (오잉!) 교수님! 힘내세요.

 김수정 님

사실 예전에도, 재미보다는 눈을 반짝이며 강의하시는 선생님의 열정에 대해 동기들과 이야기 나눈 적이 있습니다.

전어를 먹다가

식탁에 오른 전어.
맛에 민감치 못한 내 입으로도
고등어와는 확 다른 전어 특유의 고소함.

문득 드는 유치한 생각.
똑같은 바닷물을 먹고도
하나는 고등어가 되고
하나는 전어가 되고.

과일나무도
똑같은 흙인데
하나는 사과가 열리고
하나는 포도가 열리고.

똑같은 내 강의인데
어떤 학생은 경청하고
어떤 학생은 해찰하고.

그래도 나름 흡수하는 게 있겠지
각자 제 맛 내며 살고 있는 거지.^^

이연철 님

그래서 재미있는 게 인생 아니겠소?

한홍순 님

네, 집중해서 듣겠습니다.

채성준 님

가을 전어 굽는 냄새는 집 나간 며느리도 돌아오게 한다죠?

김기서 님

헤헤. 유전인자 탓이겠죠? 생긴 대로.

응답하라 1988 제자들과

〈응답하라 1988〉이란 드라마가 있더니

1988년 교수로 부임해 지도한 한문연구 동아리 제자들이 불러내 만난 자리.

그 해 19세 신입생이던 여학생은 어느덧 그 아들이 대학 졸업반이라고(졸업반인 내 막내아들과 사귀게 하면 어떻겠냐고들). ㅋㅋㅋ

어떤 남학생은 머리가 벗어져 나보다 훨씬 노숙해 보이기도.

그리고 보니 나와 15살 차이밖에 안 났던 친구들.

매주 한문공부도 하고, 망우리 공동묘지며 이준 열사 묘소며

여기저기 탁본하러 다니다, 남산 소월시비 탁본하려다 쫓겨난 일이며, 그때 추억들이 새록새록.

맛난 음식 먹으며 그간 살아온 얘기, 사는 이야기 주고받은 시간.

알고 보니 졸업하고도 여남은 명이 꾸준히 모여 정을 이어왔노라고.

앞으로 1년에 한 번은 나를 부르겠다는 말에

그간에 쓴 책으로 미니 특강해 주마 했습니다.

기교는 없지만 열정은 뜨거웠던 그 시절….

후회 없는 그 시절.

지금의 우리를 만들어 준 그 시간들. 그립습니다.

그리고 나를 불러주어 고맙고 행복합니다.

김기서 님

함께 늙어가는 제자들의 초대. 잘 살았다는 증거.

강문수 님

1982년 순위교사 합격하고 상인천여중 6개월 임시교사, 1983년 8월 10일 북인천여중 정식 발령. 그 시절 제자 녀석들은 8~9살 차이밖에 안 나던 녀석들이었죠. 이름도 얼굴도 까맣게 잊은 놈들. 유난히 절 따르던 이대 국문과 진학한 반장 녀석과 피아노로 작 곡한 테이프 선물로 준 선주 두 녀석만 기억 속에 남아 있네요.

김상한 님

교직자만이 누릴 수 있는 행복한 순간이죠.

신윤승 님

정말 행복한 순간이셨겠어요. 제가 88학번이니까 그 19세 여학생 과 같네요.^^

세 살 때였어요

한국전통문화 강의 시간.
우리의 신바람(신명)을 설명하다가
그 한 예로 꺼낸 2002년 월드컵 응원 이야기.
그런데 학생들 눈치가 영 이상해 물었죠.
"그때가 몇 살 때였죠?"
"세 살 때요."

열아홉, 대학 1학년생들의 이 대답.
아, 함께 경험한 일인 줄로만 알았는데….

이래서 정년이 있나 봅니다.^^

강문수 님

격세지감, 더 정확히는 세대 차이가 엄청난 시대에 살고 있죠. 학생들도 1년만 차이 나도 세대 차 느낀다는 게 벌써 10년 전!

권대광 님

요즘 학생들은 방탄소년단을 예시로 해야 멋과 흥, 신명 이야기가 됩니다.^^

남미우 님

ㅎㅎㅎㅎ 맞아요. 초등학교 때 이야기해 주면 기절할 거예요. 대학교 때 이야기만 해도 눈이 뚱그레져서 이상하다는 듯이 쳐다봐요. ㅎ

김인규 님

ㅎㅎ 공감. 제가 82학번인데 언젠가 누가 82년에 태어났다고 하여 묘한 감정을 느낀 적이 있었습니다. 그들이 벌써 어엿한 사회인으로 활동하고 있네요.

곽신환 님

맞아요! 난 유정천리는 아녀도 5.18무렵 대학들의 투쟁이야기 한참 하는데, 세상에! 요즘 아이들 최루탄을 모르더라구요. 그게 그렇게 맵냐구 물으니...

김진영 님

감사합니다. 교수님 저도 요즘 동료직원들과 너무 나이격차가 나서 많은 공감이 됩니다. 심지어 같이 점심 식사하는 동료들과도 음식 선호가 확연히 달라졌음에 저와 나이 차이가 참 많이 나서 그런가 보다 하고 세월의 무상함을 느끼곤 합니다.

오픈 북 테스트

대학 중간고사.

몇 년 전부터 내 전공과목 시험 방식을 바꿨다.

오픈 북 테스트. 책과 노트 다 참고하기.

단 핸드폰은 금지.

모두 다 잘 쓰면 어떻게 변별하지?

은근히 걱정했는데 막상 채점해 보니 기우였습니다.

도저히 베낄 수 없는 문제.

교재와 강의 내용을 환히 꿰뚫고 있어야 푸는 문제들을 내서 그런가?

우수한 답지와 아닌 답지가 선명히 구별.

암기에만 능한 학생은 불리,

핵심 파악해 종합 응용할 줄 아는 학생이 유리.

학생들에게 물으니 부담스러워하면서도 좋답니다.

정답은 아닐망정 나름 적을 수 있어 그런가 봅니다.

출제, 채점하는 게 좀 괴롭지만 계속 이래야지.^^

안상숙 님

암기 약한 우리 딸아이에게는 교수님 같은 분이 계셔야 하는데...

임안나 님

사회복지시설경영학 취득할 때 저도 오픈 북 섬 봤어요~ㅎ 심리적 안정은 주지만 제대로 파악 못함 답을 쓸 수 없어 오픈 북 베껴 쓰기가 결코 아님을 알았지요~(^.~)*

이수진 님

와우— 제 스타일인데요. ㅎ 암기보다는 이해를 좋아하는데. 주입식 교육시대에 살아서 괴로웠어요. ㅋㅋㅋㅋㅋ 2020년 즈음 4차 혁명이 일어나면 더 창의융합을 해야 한다고 하는데... 독서를 많이 한 사람만 살아남을 것 같아요. ㅎ

김의정 님

저도 해봤습니다. 효과가 있었던 걸로 기억합니다. ^^

이연철 님

대학 때, 책값으로 술 마셨겠다. 오픈 북 테스트인데 책이 있어야지. 시험인데 남의 책 같이 볼 수도 없고. 하여간 어찌어찌 써냈는데 다른 친구들은 죄다 빵꾸. 본인만 B+ 뭐 내용이 독창적이었다나 뭐라나...

배운 대로 하면

언젠가 맞춤법인지 글쓰기에 대해 은사님께 여쭈었지요.
"선생님처럼 글을 정확하게 쓰려면 어떻게 해야 할까요?"
무슨 비결이나 좋은 책 소개하실 줄 알았으나 하시는 말씀.
"학교에서 배운 대로만 하면 돼."

맞는 말씀입니다.
진짜 공부 잘하는 학생은 교과서와 학교 공부에 충실하다지 않던가.
맞춤법의 경우, 국어 교과서를 보면 아주 정확한 표현과 표기들.
그대로만 하면 됩니다.
만사가 그렇다. 교사도 교수도 그렇습니다.
교회 목회도 그렇습니다.
왜 여기저기 말들이 많은지 여쭈면 우리 선생님 또 그러시겠지.
"배운 대로 안 해서 그래.^^"

이상기 님

맞습니다. 유치원에서 배운 대로만 하면 사회기초질서는 문제가 안 된다고도 하잖아요~~^^

이수진 님

ㅋㅋㅋ 제가 요즘 큰애한테 맨날 하는 말이에요... "배운 대로 해라. (--^)" 저도 웃으면서 말해야겠어요... ㅠ

이종건 님

ㅎㅎㅎㅎ... 저도 그런 신념인데... 데모가 한창인 80년대... 제가 학생들에게 사석에서 교과서대로 살아야 한다고 했더니... 학생 하는 말... 교과서가 틀렸는데요... 하더라구요...ㅎㅎㅎㅎㅎ

이연철 님

요즘 아이들은 학교가 아니라 학원에서 죄다 배우니 뭐라 해야 하나?

8
초심으로

정년이 임박한 나
이번 학기부터는 초심으로 돌아가 강의해야지….
기교는 없어도 성실했던 그때
교수로 갓 부임해 강의에 집중했던 그때
매주 보고서를 받아 빨갛게 첨삭해 돌려주기.
평생 처음이라며 고마워한 학생도 있었지.
매주 질문 써 내게도 해 일일이 답변도 했었지.
하지만 세월이 흘러 포기한 그 방식.
부담스러워 수강신청 기피하는 학생들 때문에
나도 연구 욕심 채우느라 그만뒀던 그 방식.
이번 학기 56명이나 듣는 전공과목 한국이야기문학
초심으로 돌아가야지….
어지간히 연구 욕심도 채웠으니 교육에 충실해야지.
이리 마음먹고 매주 1회 글 써내라니까 하는 말.
"매주는 부담이니 격주로 바꿔 주세요.^^"
그래도 수강 철회 않고 그리 말해 주니 감사 감사.
모든 지식이 인터넷에 널린 세상
강의보다는 글쓰기 봉사에 더 힘써 봐야지.
마지막 3년 초심으로 돌아가 마쳐야지.
폐강 걱정 없는 과목만이라도….^^

배영동 님

초심으로 돌아가 정년을 준비하는 포부와 실천방략이 멋지십니다. 미국 미시간공대의 베스트 티처로 여러 번 뽑힌 한국인 조벽 교수. 교수들의 직급별로 강의역량이 다르다고 평했습죠. 이를테면 "전임강사는 누구나 다 아는 내용을 아무도 모르게 강의한다. 정교수는 아무도 몰랐던 내용을 누구나 다 알게 강의한다." 곧바로 공감이 가는 말이죠? 그런데 이 분은 강의 들어보니 말을 좀 더듬고 눌변이었습니다. 그래도 베스트 티처에 뽑히는 것은 철저한 강의 준비라고 하더군요. 학생들이 모르는 내용을 누구나 다 알게 가르치되 즐겁게 하면 평생 기억되는 명강의!

 안상숙 님

교수님 홧팅! ㅎㅎ 저는 개인적으로 읽기는 공부의 시작 쓰기는 공부의 완성이라고...

 이연철 님

초심(初心)도 좋지만 초심(草心)을. 흔들리기는 해도 부러지지 않는 풀처럼.

나 때문에 학문 포기한 제자

은평구에서 오랫동안 오딧세이 논술학원 운영하는 제자.
장학기금 모은다니까 흔쾌히 500만원을 약정하기도 한 사람.
공부 잘해 대학원 보냈더니만 석사만 받고 그만두고 학원계로 가
의아했는데
언젠가 그럽니다.
자기가 학문 포기한 건 나 때문이라고.
무슨 소리냐고 했더니만 하는 말.

"도저히 선생님처럼 연구 즐거워할 자신 없었어요.
즐겁지도 않은 연구를 평생 할 자신이 없었어요."

학생들에게 책 읽히고 논술 지도하는 게 즐겁다는 제자.
요즘엔 논술시험 보는 대학이 별로 없어
남편과 함께 국어와 언어 과목 가르친다네요.
난 연구는 즐거워도 강의는 별로인데.^^

강문수 님

사람마다 적성이 다 다르죠. 저는 독서지도가 재미있어요. 세계문학, 한국문학을 지도하다보면, 가르치면서 배우게 돼요. 세르반테스와 셰익스피어, 호손, 멜빌 등 세계적 거장들의 고전을 읽는 재미가 쏠쏠합니다.

이연철 님

작품 구상하느라 온갖 상상하는 건 즐거운데 막상 쓰는 건 싫으니, 이것이 무명작가로 가는 지름길!

김경준 님

그래서 스승님 선생님의 한마디 말씀 행동 언행이 제자들에게 아주 큰 영향을 미치기에 가르친다는 것이 교육이 정말 중요하기에 선생님들의 자질 품성 인성이 좋아야 합니다. 현재 교육제도 성적순 암기위주 속에 순위로 줄서기 교육은 사교육의 창궐과 교육의 대물림을 양산해 오고 있기에 대변혁이 없는 한 슬프고 앞날이 캄캄...

열대어를 보며

아내가 자원봉사 하는 곳에서 얻어온 열대어 세 마리

어찌나 작은지 잘 보이지도 않더니

며칠 지나자 제법 자랐습니다.

꼬리 흔드는 것도 보이고 먹이 갖고 장난치는 것도 보입니다.

"다 자라면 얼마나 된대요?"

아내한테 물으니 모른답니다.

인터넷 검색하다가 알아낸 놀라운 사실.

어항이 작으면 작게

어항이 크면 아주 크게 자란답니다.

1미터까지도…

맞습니다. 사람이든 물고기든 넓은 물에서 놀아야 합니다.

그날 우리 학교 강의시간에 학생들에게 말했죠.

"여러분을 서경대나 대한민국 안에 가두지 말라

KOCW, 무크, TED, 칸 아카데미의 국내외 강의,

RISS, KISS, DBphia의 논문들, 도서관들, 서점들…

모두 그대들의 무대다.

마음껏 헤엄쳐 커질 대로 커져라."

이연철 님

"사람은 어느 높이만큼 큰 뜻을 품을 수 있을까?" "자신까지" 어느
책에서 읽은 구절입니다.

 김기서 님

적자생존. 말하고 보니 조심스럽네요. 현재 기독교계에서의 다윈에
대한 평가가 어떠한지 잘 몰라.

 김수정 님

크면 큰 대로 작으면 작은 대로 어느 곳에서도 행복하게 살 수 있는
지혜를 주소서.

차마

차마

아무 말 못할 때도 있습니다.

태어날 때부터 마팡증후군.

자라면서 모든 기관이며 조직이 길어지고 가늘어져

등뼈도 휘고

심장도 허파도 약해져

마침내 평균 40살이면 죽는 운명.

왜 태어났는지 모르겠다는

32세 제자의 자취방에 들를 때면

차마

인생에는 의미가 있다고

예수님 믿으라는 말을 못하고 옵니다.

그냥 이야기만 들어주다 오고 맙니다.

언젠가는 말해야 하겠지만

아직

못하고 있습니다.

차마

이연철 님

우울증을 앓으면 잃은 것도 있지만 얻은 것도 있습니다. 그것을 하찮게 여기지 마십시오.
그 분의 병으로 잃은 것 많겠지만 또한 얻은 게 있으려니... 그렇기는 해도, 주님, 고쳐주소서.

한홍순 님

그 친구는 장로님 뵙는 것만으로도 위안이 될 것입니다.

김기서 님

타고난 죽을 운명. 40세와 80세. 하루살이와 일년살이. 100년은 아니지만 60년을 넘게 살아보니 짧고 김이 별 차이 없다 여겨지네요. 다음에 제자를 만나거든 꼭 복음을 전해 주시길. 더 늦기 전에.

김수정 님

그럴 때는 조용히 어깨를 쓸어줍니다. 말보다 같이 있어 주는 것이 더 큰 위로가 되기도 합니다. 『다섯 가지 사랑의 언어』를 쓴 박사님은 그 사람의 유형에 따라 위로도 다른 방식이 효과적이라 합니다. 그 친구에 맞는 위로를 하고 싶군요.

어떤 선생님

육이오 무렵
이런 선생님이 계셨다네요.
얘들아, 내가 보니 앞으로 영어 세상이 열린다.
내일부터 수업 마치고 나하고 영어 공부 하자.
담임 선생님 말씀이라 시작은 했지만
제대로 숙제도 안 해 오고 지지부진.
얘들아, 내가 잘못 가르쳐 그런가 보다.
하나씩 나와서 나를 힘껏 매질해라.
학생들이 감히 세게 못 때리고 시늉만 하자
다시 때려라 내가 됐다고 할 때까지 다시.
선생님 봐드리려다 더 아프게 하게 되자
하릴없이 세게 때린 아이들.
엉금엉금 기어서 퇴근하는 선생님을 보고 정신들 차렸다지요.
공부 잘하는 수밖에 없다 알아차리고 죽어라 공부하기 시작.
다들 살 길이 열리고 제 구실들을 하게 됐다네요 글쎄.

교회사문헌연구원 심한보 원장님이 전해준 실화.

이연철 님

강남이 개발되기 전, 고등학교 실과 선생님이 말씀하셨죠. "얘들아.
서울에 강남이라는 데가 새로 생겼다. 어차피 너희들 대학 빚내서
갈 텐데 대학 가지 말고 학자금 미리 빚내어 달라고 해서 강남에 땅
사라. 다른 애들이 대학 졸업할 때쯤에 너희들은 부자 되어 있을 거
다" 아아, 그 혜안! 막상 선생님도 강남땅을 안 샀다지 아마...

김기서 님

혹시 영화 속 이야기?

김수정 님

때론 스승은 세상 어느 것보다 세상을 바꾸는 존재이지요.

5장

이상한 목사님

: 종교와 신앙

이상한 목사님

서경대 졸업생 정신광 군의 아버님은 목사님.
정 군과 이야기를 나누다가
그 아버님이 참 이상한 목사님인 것을 알았습니다.

정 군의 아버님은 평생 교회 개척만 하고 다니는 분.
집을 얻어 교회 세우고 전도해서
자립할 만하면 남에게 물려주고 다른 데 가 새 교회 개척하기.

사례비다운 사례비 제대로 받지 못한 채 개척해 놓고는,
사례비 받고 편하게 지낼 만하면,
다른 분에게 물려주고 떠나신다는 것.

이러기를 한두 번도 아니고, 10여 차례.
평생 이러는 아버지 때문에
정 군 가족은 여유 있는 생활을 한 번도 누리지 못한다고 했습니다.
그런데도 정신광 군, 얼마나 표정이 밝았는지.
지금도 그 얼굴 떠올리면 내 마음도 환해집니다.
아버지를 존경한다고 했습니다.
그 이야기를 듣는 나도 경외감이 일었습니다.
한 번도 뵙지 못했지만 존경하는 마음을 지니고 있습니다.
지금까지.

이연철 님

목사님도 목사님이지만 아들이 더 대단하네요. 아름다운 부자, 팟
팅!!!!!!!

 김기서 님

유구무언.

 김수정 님

하늘의 상급이 어마무시한 분이겠네요.

딸이 출가한다니까

고희 나이인 어느 절 비구니 주지 스님.
동지 팥죽 먹으러 간 우리한테 말해준 일화.
강원도에서 여고 졸업하고 출가 결심.
오대산 월정사 탄허 스님한테 진로를 상담하자,
출가할 사람이라며 진관사로 가래서 상경.
처음 와 본 절인데도 전혀 낯설지 않더라죠.
언젠가 살았던 곳마냥 건물이며 사람이며 일이며 익숙하기만 하더
라죠.
딸이 출가한 사실을 나중에 알고 달려오신 모친.
대대로 불교 집안인데도 반대하시더라네요.
20년 후에야, 인생 더 살아보시고,
딸이 큰절 주지가 되어서야, 잘했다 하시더라네요.

동석한 ㅍ 선생님 왈.
"신라나 고려 때 같으면 그럴 리 없죠.
동남아 국가라도 그러지 않았을 거예요.
조선시대에 탄압받아 스님을 천시하다 보니 그런 거죠."
가톨릭신자인 ㄱ 선생이 거드는 말.
"가톨릭에서도 그래요.
신부를 높이면서도 막상 자기 아들이 신부 되겠다면 말리곤 해요."
이 현상과 이 심리… 연구해 볼 만한 테마.^^

정종기 님

저는 이것을 '객석 심리'라고 이름 짓습니다. 어두운 객석에서 조명이 있는 무대를 구경하는 거죠. 무대 위의 사람들을 향하여 박수치거나 손가락질하거나 하면서 자신이 무대에 오를 생각은 꿈에도 없습니다. 간음한 여인이 무대 위로 떠밀려 올라왔습니다. 객석의 인간들은 손에 돌을 들고 기다립니다. 예수께서 '죄 없는 자가 먼저 돌을 던지라' 하시지요. 이는 '당신도 무대로 올라오라, 조명 아래서 보라'는 뜻입니다. 그들은 하나 둘, 모두 떠납니다. (저도...)

 김미향 님

맞아요. 법륜스님도 고등학교 1학년 때 절에 들어간다고 하여 부모님이 엄청 반대하셨다네요. 지금도 아버님께서는 늦지 않았으니 자식이라도 하나 낳으시라고 하신다네요~~ 참고로 법륜스님 연세가 60이 넘으셨답니다.

 신윤승 님

지난 어느 모임 때 저희 담임 목사님도 당신 딸 사모 되는 거 싫다고...~

 고삼석 님

보통 사람이 보통으로 사는 삶이 얼마나 좋은 건지... 한참 후에야 알게 되었습니다.

사주명리학의 결론

성서공회 전무용 번역실장님.

20대 때, 한 평생 그 방면에 정진한 분에게 물었다죠.

주역으로부터 명리학, 역학 두루 통달한 그 어른한테 던진 질문.

"정해진 것(사주팔자, 물려받은 환경, 유전)이 중요한지,

그 사람의 마음이 중요한지,

무엇이 인생을 결정하는지?"

'사람의 마음'이라더라죠.

일제시대 내내

그 방면 전국 최고 고수들 다 찾아다니며

십수 년 이상 그 공부만 했다는 분.

조선시대 때부터 내려온 공부를 섭렵한 외가 쪽 어른이었다는 분.

아무한테나 물려줄 수 없는 공부라며,

너는 그런 심성이 된다며, 한평생 공부 물려주려 했다는데,

'사람의 마음'이라는 그 답변 듣는 순간,

그 어른의 한평생 공부 졸업해 버렸다는 전무용 선생님.

나도 아멘 아멘 아멘입니다.^^

배영동 님

백번 공감! 사람들 사이에 분쟁이 생겼을 때 최고 난도가 높은 판결을 대법원이 한다고 알고 있지요. 대법관들이 사건을 판결할 때는 거의 법전을 보지 않는다고 해요. 물론 법전 뒤져서 따지고 고민하겠지만, 가장 중요한 잣대는 "건전한 상식"이라고 해요. 나는 건전한 상식의 기준은 건강한 마음이고 양심이라 생각해요. 모든 것은 마음의 문제로 귀결되는 듯해요.

 이종건 님

공부도 스승에 달려 있지 않고 학생에게 달려 있답니다. 아무리 잘 가르쳐 봐야 밑 빠진 독에 물 붓기면 할 수 없지요.

 남연호 님

결국은 '마음'이라고 생각합니다. 예수님께서 주신 새 계명, '서로 사랑하여라'도 결국은 심성의 중요성을 강조하신 것이고요. '믿음' 또한 마음의 작용인 것이지요. 마음, 아멘^^

 강문수 님

용하다는 점쟁이가 우리 집안만 아는 이야기를 해서 놀랐다는 할머니 말씀. 신들린 분들 과거는 잘 맞추는데 미래는 어렵다죠. 사람의 마음이라는 변수 때문에!

 이연철 님

'마음밭'이라는 말을 좋아하지요. 거기에 뭘 뿌리고, 심느냐...

4

괜찮아진대

내년이면 40인 여제자가 들려준 친구 얘기.
말 그대로 기구하게 사는 그 친구.
태어나보니 어려운 환경. 되는 일 없는 나날.
돈 벌어 봤자 나가버리기 일쑤.
20대 후반 어느 날,
우연히 점치러 가는 친구 따라가서 만난 점쟁이.

"그냥 봐 줄 테니, 딱 한 가지만 물어봐."
"저… 괜찮아지긴 하나요?"
"40 넘으면 괜찮아져."

40 넘어야 한다는 그 말.
곁에서 듣기에는 저주요 절망의 소리였건만
그 친구는 희망에 찬 얼굴로 이러더라네요.

"40 넘으면 괜찮아진대!"

물에 빠진 사람, 지푸라기라도 잡는다더니,
내년에 어떻게 되는지 꼭 알려 달랬습니다.^^

송경진 님

ㅋㅋㅋㅋㅋㅋ 제 친구는 오십까지 힘들대요. ㅠㅠㅠㅠ ㅋㅋㅋㅋㅋㅋ

남궁양 님

희망을 심어준 점쟁이가 용한 분이네요.

배영동 님

맞을 걸로 봅니다. 응당 그래야죠.

이상기 님

제발 희망고문이 아니기를요~~^^

이수진 님

저도 궁금하네요... 그분 40이 넘으면 정말 좋아졌으면 좋겠고... 괜찮아졌다면 그 점쟁이 좀 소개 받아......ㅎㅎㅎ

김창진 님

그럼요. 좋은 팔자네요. 40 이후 팔자가 중요하죠. 저도 30대 때 절망이었죠. 시간강사 10년 했잖아요. 40 넘어 교수되고 풀렸죠. 저도 그 말 들었으면 희망이 샘솟았을 거예요.

이연철 님

뭐든지 듣기 나름. 그래서 듣는 귀가 귀하다 했거늘!

깨끗해서 좋아요

언젠가 강화도에 갔을 때의 일.
오래 된 교회 방문 조사하고 돌아올 때
지나가는 트럭 세워 함께 터미널까지 오는 길.
교회 다니고 있다는 트럭 주인.
교회 나가기 전, 용왕신, 성주신, 터주신, 측간신…
온갖 신 모셨다는 이 분.
교회 다녀 좋아진 소감을 한마디로 표현한 말.

"깨끗해서 좋아요.
명절마다 집안 여기저기 나물이랑 밥이랑 차려 놓아 지저분했는
데…."

배영동 님

ㅎㅎㅎ 맞을 겁니다. 농어촌 근대화의 한 단면이죠.

 김문선 님

편해진 만큼 정성이 없어졌지요.

 권대광 님

그러고 보니 번잡함이 덜하군요. 행복한 주일 되시길 바랍니다.

 이연철 님

사실, 하나님은 제물에 관심이 없으신데...

이 팔 누가 움직인 거죠?

언젠가 들은 장회익 서울대 명예교수의 강의.

'물질, 생명, 인간' 주제의 석학 강의.

물질에서 생명, 생명에서 인간으로 바뀌어가는 과정을

과학(진화론)적으로 추론한 강의.

한참 얘기하다 갑자기 팔을 아래위로 움직여 보이며 던진 질문.

"이 팔, 누가 움직인 거죠?"

자기가 움직여 놓고 왜 묻나 그렇게들 생각하고 있을 때,

웃으며 하는 말.

"태양이 움직인 겁니다.

태양에서 나오는 에너지로 식물이 살고,

그 식물을 동물이 먹고… 그걸 내가 먹고 살아,

그 힘으로 팔 움직였으니 결국 태양의 힘이지요."

"태양이 없으면 이 세상에 생명이란 존재할 수 없습니다."

"생명 현상은 태양 현상입니다. 태양의 수명은 100억 년이고요."

거기까지였습니다.

태양이 어떻게 만들어져 움직이는지,

아니 물질은 어디서 온 건지에 대해서는 말하지 않았습니다.

그것은 과학의 영역이 아닌지도 모르지요.^^

강문수 님

수업 중 조는 놈들 정문일침의 가르침으로 꿀밤 먹이며, 똑같은 이치를 농담으로 이야기한 적이 있었죠. '태양빛을 받아 식물이 성장하고, 그걸 우리가 밥으로 반찬으로 섭취하면 남는 영양분은 근육에 저장된단다.' '그 힘으로 내 주먹과 네 머리가 부딪혀 혹이 나고 쑤시고 열이 난단다.' 최초의 운동의 원인은 토마스 아퀴나스도 신학대전으로 증명하려고, 엄청난 대작을 쓰고, 쓰고 또 써나가다 결국 마무리 맺지 못하고 중단하였다죠. 영원한 수수께끼!

 김기서 님

태양의 수명을 날로 계산하면 100억 년×365 오매!! 지구인이 태양을 신으로 생각했던 것도 아득한 옛날. 지금은 태양도 유한하다는 생각을 미처 못 하고 눈앞의 일에 묶여 잊고 삽니다. 자신의 유한성을.

 백송종 님

네...^^ 어떤 말씀인지 그 뒤를 이해했습니다.

버선발로 새벽기도 나간 권사님

내 고향 전북 익산군 삼기면 오룡리 삼기제일교회
개척자 중 한 분인 김다복 권사님.

처녀 적부터 믿다가,
우리 옆 동네 낭산면 용기리 소도 마을에 시집오신 분.
동네에서 가장 가난한 집, 남편은 믿지 않는 분.
그래도 열심히 신앙생활을 했다죠.

가까운 데 교회가 없어, 10리 너머 서두교회를 다니던 그분.
서너 개 마을 거쳐, 야산 넘고, 방죽 지나야 했다죠.
하루도 빠짐없이, 눈이 오나 비가 오나,
주일예배는 물론 매일 새벽기도 다녔다죠.

눈 많이 오는 날이 문제.
고무신 살 돈 없이 가난해,
짚신 신고 나서면, 만대란 동네쯤에서 그만
짚신 코가 떨어져 버렸다죠(요즘말로 짚신의 올이 다 풀어져 버린
거죠).
권사님은 버선발로 눈길을 걸어 교회까지 갔다죠.
언 발로 교회에 도착해 들어서면,

난롯불을 쬐고 있던 장로님들,
그냥들 달려 나와, 아무 말도 못한 채, 얼싸안고 한참씩 울었다죠.

지금 그 집안은 인근에서 존경받는 집안.
7남 1녀 가운데 큰아드님이 장로 거쳐 목사.
손자 일곱 중에서 셋이 목사, 하나가 장로, 증손자도 둘이나 목사.
손자 가운데 수유리 성실교회 김해경 장로는 내 친구.

강문수 님

이 갈래는 어른을 위한 복음 동화. 시리즈로 이어지면(이 이야기의 연장, 또 다른 이야기의 연속) 좋겠습니다. 좀 더 살을 붙이면 톨스토이 냄새가 날 거예요.

박미례 님

우리 엄마 같은 분이 또 계시네요. 우린 엄마가 권사님. 오빠가 안수집사님. 올케언니가 권사님. 언니가 전도사님. 동생이 집사님. 우리 딸 사위가 성도님. 나는 그들을 바라보면서 즐기는 민간인. 십리 길이 멀다 하고 비가 오나 눈이 오나 교회를 두 개나 지은 우리 엄마.

예수 믿으랬지 예수처럼 살랬더냐?

고난주간 새벽기도회.
가수 서유석 권사님이 들려준 어느 의사 어머님 실화.

열심히 기도하며 공부시킨 아들이 마침내 의사가 됐더라죠.
실력이 좋아 모교 병원장까지 시키려 주목하고 있었는데
무의촌에 가겠다고 하더라죠.
기가 막힌 그 어머님이 탄식하며 했다는 말.

"야 이놈아,
내가 널더러
예수 믿으랬지 예수처럼 살랬더냐?"

노래와 함께 들은 서 권사님의 그 이야기,
바로 내 이야기만 같아 뜨끔했습니다.

이연철 님

예수처럼 안 사는 신자도 많고, 예수처럼 사는 불신자도 많은 세상.
그나저나 어머니의 그 말, 짠하네요.

김기서 님

수의를 준비하여 아들을 면회했다는 안중근 의사의 모친처럼 살기
가 어디 쉬운가요?

김수정 님

부처님이나 예수님이나 자식 걱정하는 부모를 이해는 하시겠죠.

9

우리 형의 변화

교회 안 나가던 우리 형.

만나기만 하면 대답하기 곤란한 질문을 했지요.

왜 선악과는 만들었단 말이냐?

왜 따 먹도록 놔두었단 말이냐?

그리고는 너희는 죄인이니 예수 믿어라?

병 주고 약 주는 것 아니냐?

그게 무슨 사랑의 하나님이란 말이냐?

이러던 형이 달라졌습니다.

환갑 무렵부터 교회 나갑니다.

백주년기념교회 이재철 목사님한테 푹 빠졌습니다.

그 교회 홈페이지에 올려놓은 이 목사님 설교를 다 들었답니다.

2005년 창립 때부터라니 무려 13년 치 설교.

'새신자반', '사명자반' 교재와 강의도 다 읽고 들었답니다.

가끔 목사님 기도문을 우리 남매 단톡방에도 올리곤 합니다.

이제는 나를 괴롭히지 않을 뿐더러 장로인 내게 신앙적인 충고도 합니다.

이 목사님 말씀이라며….

아파트 관리소장 일 하면서,

토요일마다 외국인선교사묘원 관리 봉사에 자원해 동참하는 우리 형.

이연철 님

지금도 가끔 신기한 건, 따지기 좋아하는 내가 예수님을 믿고 있다는 사실!

 김기서 님

언제 좋은 날 잡아 한강 따라 자전거로 절두산 옆 선교사 묘역에 가야겠네요. 형님의 체취 묻어있는 곳.

 김수정 님

대기만성이신 분이네요.

6장

구멍난 종

: 살아볼 만한 이 세상

구멍난 종

"종과 꽹과리는요…
구멍이 나더라도 소리는 멀쩡해서 괜찮아요.
금이 가면 이상해져 쓸모없지만."

가끔 들르는 동묘 옆 골동품점 주인이 들려준 말.
시골 어디 가서 사 왔다는 구멍 난 꽹과리를 가리키며 한 말.

종 얘기가 아니라 사람 얘기만 같았습니다.
돌이킬 수 없이 금이 가 버린 인생이라면 몰라도
어쩌다 가슴에 구멍 하나쯤 뚫리는 일 겪었대도
괜찮다 괜찮다는 위안의 말씀.

한 번 두드려보니 청아하게 울리는 소리.

○ 강문수 님

신라인들은 에밀레종 머리에 일부러 음통이라는 구멍을 내서 더 좋은 종소리를 내었다네요. 음통이 소리와는 관계없고 만파식적과 관련이 있다는 설도 있지만 종에 일부러 구멍을 내다니, 그저 놀라울 뿐!

○ 신윤승 님

교회 나눔방에 교수님 글 올렸더니 한 집사님이 너무 위로가 되신다고...

○ 김상한 님

긴 세월 사노라면 가슴에 구멍 하나쯤은 다 뚫리겠지요. 또 그렇게 살다보면 그 구멍 어느 새 막히기도 하겠지요.

○ 유영직 님

그럼 저도 아직은 쓸모가 있네요.

○ 김정훈 님

그렇군요. 구멍이 나도 아직은 버릴 게 아니었군요.

○ 송찬구 님

다~~괜찮아! 내말 믿어! 하나 둘 셋 잊어... 방탄 소년의 노래 가사가 생각나네!

○ 이연철 님

요즘은 자주 깜빡깜빡. 머리에 금이 간 게 아닌지... 쩝.

오늘의 어원

오늘의 어원은?
오! 늘
다석 유명모 선생의 풀이.

어제와 내일은 우리 것이 아니므로
우리가 사는 것은 항상 오늘.
늘 감격 가운데, 맞아야 할 오늘.
(어거스틴도 말했지요.
과거는 기억 속에만 있고
미래는 기다림 속에만 있다고.)

그래서

오!
늘(영원)

과거의 열매이면서 미래의 씨앗인 현재 오늘,
영원과 이어진 오늘.
그 시간의 최전선에서
가장 참되고 선하며 아름답고도 거룩하게 살아야 할
오늘!

이연철 님

그렇다면 오늘보다는 늘오가 더 나을 듯. 늘~~~~~~~~~ 오! 이 아
침에 웃을 일 없어서 그냥 해본 소리 ^^;

한홍순 님

네. 오늘을 주심에 감사합니다.

김기서 님

오! 오늘은 늘 그렇듯 남은 삶의 첫날이어라.

형편없는 것들?

우리 교회 김장 준비하던 날.
청주에서 올라온 배추를 날라다 놓고
여성들이 반으로 칼질한 걸 주방으로 옮겼죠.
겉을 싸고 있던 이파리들이 벗겨져 바닥에 있었는데
김장 후 맨 위에 깔아 덮을 거라며
골라서 따로 담으라는 사모님의 요청.
어떤 걸 골라야 하냐니까 하시는 말씀.
"형편없는 것들은 버리고요."
그 말씀대로 형편없겠다 싶어 버렸더니만
70대 여권사님이 다시 주워 담으며 하시는 말씀.
"괜찮은 것들인데 왜 버려?"

아, 여태껏 나를 내치지 않고 이렇게 거둬주신 분들.

강문수 님

이규보의 '설' 문학을 많이 닮은 수필이네요! 저희 할머니 제가 국민 학교 시절 집 앞 복개천 위에 새로 생긴 수문통(만조에는 바닷물이 역류하던 2차선 도로 크기의 하수도) 시장에서, 배추장사들이 벗겨 버린 형편없는 배추 이파리들 주워다 뒤뜰에서 닭을 키웠죠. 형님이 버린 배추 잎을 돌아가신 제 할머니가 보셨다면, 두 마디 하셨겠죠. "배추 잎을 누가 버렸네~!" "언 연놈이여, 똥물에 튀겨 죽일 놈들 같으니라고~"

 이선경 님

배추는 형편없는 것들을 골라낼 수 있을망정, 사람은 "그 누구도" 형편없다고 내쳐질 수 없는 것이라는 말씀... 옳으면서도, 생각하면 참 처절하기 짝이 없는 하느님의 말씀입니다.

 이연철 님

원래 형편없는 것들이 형편 있는 것들을 이기는 것이여!

 정진 님

교수님 그렇군요! 저도 거두어주신 주님께 감사드려요.

풀린 의문 하나

늘 품어왔던 궁금증 하나.

'성악가든 연주자든 감기 걸릴 때도 있을 텐데

공연 때 어찌 항상 쌩쌩할까?'

어느 날 한예종 다니는 지휘자한테 물었죠.

단 1초도 안 걸리고 하는 대답.

"무대에 서면 감기 증세가 사라져요."

한마디 덧붙이는 말.

"자기 관리도 실력이랍니다."

아예 감기 같은 게 걸리지 않도록 자기 관리하기,

설령 감기 걸린다 해도, 음악의 열기와 집중력으로 이긴다는 말.

한 가지 더 물었죠.

"어떻게 악보 안 보고들 해요?"

역시 1초도 안 걸린 답.

"보통 1천 번 정도 연습하면 외어져요.

전문용어로 '암보(暗譜)'라 하죠."

한마디 덧붙이는 말.

"외느냐 못 외느냐에 따라 노래하고 연주하는 자세가 달라져요."

권대광 님

들을 때는 잘 몰랐는데 무대 뒤에서 더 프로로 빛나는 이들이군요.

백송종 님

아, 제가 항상 가지고 있던 궁금증을 오늘 교수님께서 해결해 주셨어요. 과연 그런 것이군요. 그분들이 존경스럽습니다.

배영동 님

경지에 이른다는 말이 있다. 하고자 하는 것과 하는 방법과 하는 사람이 한 덩어리가 되어 구분할 수 없을 때 경지에 이른 것으로 표현할 수 있다. 노래하려는 사람이 1천 번 연습하면 바로 노래와 자신과 노래하는 방법이 한 덩어리가 되게 마련이다. 피겨여왕 김연아는 공중회전 묘기 한 가지 터득하고 체화하여 완성하는 데 엉덩방아를 1천 번인지 2천 번인지 찧었다고 한다. 공부는 연습이자 연습의 결실이라는 것을 이제야 알게 되었다.

조용진 님

한 가지 덧붙이면, 열거된 덕목이 프로와 아마추어의 차이인 것 같습니다. 프로는 어떤 조건에서도 — 감기 걸렸더라도 — 제 실력을 발휘하고, 아마추어는 조건에 따라 기복이 많습니다. 결국 내공에 달렸다는 생각이 듭니다.

이연철 님

이런 짧은 글로 여러 사람 댓글 받아내는 것도 내공?

글 땜쟁이

김소월의 스승 안서 김억.
당시 별명이 뭔지 아세요?
글 땜쟁이.
돈도 명예도 있지만 글이 안 되는 이들의 부탁을 받아,
남의 글 다듬어 주길 참 많이 했다죠.
밥과 술 얻어먹고 사례비도 받았다죠.
오산학교 교원이었다지만 넉넉잖은 문인한테는 도움이 되었겠지요.

내게도 때때로 그런 부탁이 들어옵니다.
자기소개서, 소송 관련 탄원서 등등.
거친 초고를 보내면서 다듬어 달라는 부탁 받아,
더러 구멍 난 곳 땜질해 주기.
그냥 도와주는 글 땜쟁이 노릇도 괜찮습니다.
나도 쓸모 있다니 고맙기만 하지요.

배영동 님

글 땜쟁이. 참 정확하게 다가오는 표현이군요. 예전에는 솥 땜쟁이가 있었고 독 땜쟁이도 있었다지요. 그런 물건 땜질하는 것을 못 봐도 땜질해 놓은 것은 더러 봤지요. 옷 기운 것을 많이 보고 입어봤는데 솥과 독을 때우는 것이 가능하다는 것을 확인하니, 글을 때우는 것은 더 쉬운 일 같았지요. 그런데 참으로 글 때우는 일은 인내력과 지혜를 함께 요구하더군요. 특히 학생들 글 때우려면 그렇죠. 요즘은 글에도 클리닉이라는 표현을 쓰더군요. 때우는 것이 고치는 것이고, 병든 것 비뚤어진 것을 고치니깐 클리닉도 맞죠. 이렇게 고치는 일이 교육인가 합니다.

송경진 님

박물관에서 했던 주 업무 중 하나가 관장님 원고나 축사를 다듬고 다시 쓰는 일이었어요. 그때는 업무가 과중되니까 힘들고, 속으로 관장님 작문 실력을 무시하는 마음도 있었는데... 와... 저절로 겸손해져야겠다 다짐하게 하는 글이에요...! 그리고 '글 땜쟁이' 말이 참 적확한 것 같아요.ㅎㅎ

이연철 님

황순원 선생님에게 원고지에 쓴 글을 보여 주면, 일주일 뒤 가져오시는데 온통 새빨간 색!
맞춤법에 띄어쓰기만 잔뜩 고쳐놓으시는 분. 작품에 대해 촌평을 부탁하면 딱 한마디. "잘 하라우!" 잘하고 있으니 더 잘하라는 건지, 못하니까 앞으로 제대로 잘하라는 건지는 지금도 수수께끼.

인삼밭

고향에 귀농해 농사짓는 동서를 만났습니다.
인삼 농사가 화제에 오르자 이렇게 말합니다.

"인삼 심었던 땅에는 어떤 농사도 안 돼.
완전히 갈아엎고 퇴비를 두껍게 깔아 1년쯤 묵혀야 돼."

다른 식물과 달리 인삼은 빨아들이기 선수인 모양.
모조리 깡그리 흙속의 모든 걸 빨아들이는 모양.
그래서 약이 되나 봅니다.
사람도 인삼 같은 사람 되려면 인삼처럼 살아야겠죠.
주어진 환경에서 모조리 깡그리 빨아들여야겠죠.
이것저것 따지지 말고 좋은 것은 죄다
스펀지처럼 흡수해야 하는 거겠지요.

곽신환 님

전엔 인삼밭에 꿩이 많았어요!! 그래서 꿩 잡으려면 콩에 구멍 뚫어 독극물(싸이나) 넣고 촉농으로 때운 후 인삼 밭에 뿌려 놓곤 했지요. 꿩도 좋아하는 인삼입니다.

 배영동 님

좋은 말씀. 한편으로 생각하면 인삼 같은 인삼은 좋지만, 인삼 같은 사람은 주변 사람까지 힘들게 하지는 않을까요? 사회적으로 대단하다는 사람들 옆에 있으면 겁날 때가 많아요. 자기 활동 분야에서는 인삼처럼 노력하되, 삶에서는 더불어 살아가는 평범한 식물처럼!

 이연철 님

죄다 받아들이지 마세요. 더러 흘리고 다니는 것도 있어야 좋은 인생 아닐까 싶습니다.

두려운 운전

택시와 자가용 기사로 오래 일한 분
정비 능력까지 갖춘 분
어느 날 물정 모르는 내가 던진 질문

"오래 하셔서 운전하는 게 쉽죠?"

그랬더니 아니랍니다.
차에 대해 알아갈수록 무섭답니다.
여러 부품으로 이루어진 차
조립품 하나만 느슨하거나 빠져도 큰일
그냥 사고 날 수 있어 그런답니다.
나름 최선을 다해 정비해 몰지만
어느 부속에 어떤 문제가 생길지 모른답니다.
게다가 전혀 알 길 없는 남의 차량 속사정.

예전 시내버스 운전석 앞마다 붙어 있던 그림
오늘도 무사히.
어린이가 무릎 꿇고 두 손 모아 기도하던 그림
다 이유가 있었던 모양입니다.

이연철 님

그래요, 기억납니다. 버스 안 앞에 걸었던 기도하는 어린이 그림. 여자인줄 알았다가 남자 아이라는 걸 알고 놀라고, 훗날엔 그게 선지자 사무엘이라는 걸 알았죠. 그 시대엔 버스도, 승용차도 없었는데... 여하간, 오늘도 무사히!

 한홍순 님

잘 모르면 더 용감한 것 같아요.

 채성준 님

까마득한 옛 기억, 함께 기억하는 건 푸시킨의 삶, "생활이 그대를 속일지라도 슬퍼하거나 노여워하지 말라!" 이발관 벽화의 단골 소재.

산새의 목욕

폭염주의보가 내린 날.
윤동주문학관 가는 인왕산숲길을 걷다가
물소리 청아한 수성동계곡에서 발 담그고 쉬다 일어서는데
저만치 얕은 계곡물에 목욕하는 이쁜 산새 한 마리.
온몸을 잠가 적시더니만 포로롱 나무 위로
사뿐 날아오르더니 우리네 머리 말리듯
온몸을 부르르 떨며 말립니다.
그제야 알았습니다.
물새와 달리 산새는 우리처럼 물에 젖는다는 사실을.

비 와도 괜찮을 줄로만 알았던 산새들
괜찮은 게 아니었습니다.

강문수 님

아버지 어머니와 함께 했던 강원도 화천. 27사단 이기자 부대 근처 계곡에서 새들이 목욕하는 모습 많이 보았죠. 귀엽고 예쁘다 생각했는데 기생충 없애는 생존의 몸짓. 나는 언제 생존이 아름다운 존재가 될까.

이연철 님

어린 시절, 비 오면 마구 맞으며 돌아다녔는데. 혓바닥 내밀고 빗물까지 마신 적도 있는데. 그런 것이 글쓰기의 자양분 아닐까. 그렇다면 그것 역시 생존의 몸짓?

배영동 님

오리와 닭 같은 것이네요. 조류라도 다 같지 않고. 유유상종이라는 말이 생각나요. 아! 목욕하면 시원해지는 사람과 놀고 싶다.

러시아의 민속조사법

러시아에서 학위 받은 이건욱 박사.
언젠가 비교민속학회에서
러시아의 민속조사방법의 특징을 소개.
하도 인상적이라 지금도 기억.

러시아 대학원에서 공부할 때
과제물로 현지조사보고서를
우리식으로 충실히 작성해 제출했더니만
담당교수가 반려시키더라지요.

"자네 보고서를 보니 그 사람을 주목하지 않았다.
그 사람이 제보할 때 뚫어져라 응시해 그 느낌까지
눈에 담아야 했건만 자네는 보다 말고 메모하기 바빴다.
그 순간 그 사람을 놓친 거다.
표정의 변화까지도 놓쳐선 안 된다.
통째로 관찰하고 나서 궁금한 건 나중에 물어가며 기록하는 것.
요컨대 민속보다 사람이 중요하다."

우리 풍토와는 다른 민속학 자세와 방법이었던 거죠.
문자문화와는 다른

민속문화·구술문화의 특징과 더 잘 부합할 그 방법.

메모광인 나.

그 발표 들은 후로는

발표든 설교든 메모보다는 자세히 보고 들으려 노력 중입니다.

 이연철 님

학창 시절 서정범 교수님과 방언 채집하러 배 타고 섬에 갔던 일. 처음엔 뭘 물어도 표준말로 꼬박꼬박 대답. 하루 지나고 친밀해지자 손자에게 말하듯 사투리가 우수수.

 안승준 님

허, 저는 35년을 고문서 조사했는데요. 고문서는 1프로에 불과하고 88프로가 종손과 그 조상 이야기지요.

 배영동 님

한 순간의 감동을 죄다 기억하고 전파한 것도 더 큰 감동.ㅎㅎㅎ

아무 말도 안 해 감사

침묵이 금이라는 말
무슨 의미인지 솔직히 잘 몰랐는데
요즘 알았습니다.

이 아무개 목사를 지나치게 추종하는 후배한테
사람 함부로 믿지 말라 해도 안 듣더니
JTBC에서 연일 터져 나오는 민망한 뉴스.
그래도 아무 말 않고 있었더니만 하는 말.

"선배, 고마워요. 아무 말 안 해줘서."

또 한 분. 이번 지방선거 경선에서 떨어진 분.
여러 날 만에 나타나 하는 말.

"사람 만나고 전화 받기 두려워요.
위로라고 말들 건네지만 난처해요.
그냥 내버려 두는 게 제일 좋아요.
아니면 엉뚱한 다른 얘기 꺼내거나."

나도 위로 격려랍시고 문자 보냈는데
다음부턴 조심해야지.

이연철 님

맘에 없는 위로의 말은 지나가던 강아지도 안다고 하던데...

 윤금주 님

우리 아이 키울 때 많이 썼던 방법. 너무 힘들고 지쳐 보일 때 먼저
말할 때까지 아무 말 없이 지켜봐 주고 기다려주기.

 김기서 님

뜨끔!!!

 김수정 님

장미를 주어도 받는 사람이 가시에 찔리지 않게

사고총량의 법칙

고려대 심리학과 한성렬 교수가
심리학 강의하다가,
자기네 동업자끼리 하는 말이라면서
웃으며 소개한 법칙 하나.

사고총량의 법칙

일생 동안 사고 칠 총량이 정해져 있지 않을까?
검증되지 않은 가설이랍니다.^^
이 법칙에 따르면
젊어서 사고 다 치면 후반엔 얌전히 살고
젊어서 사고 안 치면 늦바람난다고.
일생에 홍역 반드시 치러야 하듯.^^

맞는 말 같기도 하다.
내 경우, 중학교 3년 내내
공부는 안 하고(국어만 빼고)
만화, 탐정추리소설, 무협지만 보다가
고등학교 때부터는 지금까지
다시는 잡기라고 생긴 것에는 근처에도 안 가고 있으니.^^

어려서 범생으로 살다 늦바람나는 것보다는
중학교 3년간 화려하게(?) 방탕해 버리고 나서
절제하며 살아 여유 누리며 인생 마무리하는 게
훨 나을지도 모르겠습니다.

 이연철 님

친구 작가 고원정. 엄청난 주량. 그의 부친은 술도가 근처만 지나가도 취하는 분. 고 작가의 주장인즉, 집마다 주량 총량의 법칙이 있다는 것. 집안마다 마셔야 될 술 양이 있는데 부친이 안 드신 것까지 마시느라 자기가 힘들게 술을 많이 마시는 거라고. 이게 효도하는 것이라고.

김기서 님

젊어서 사고 치고 제자리로 돌아간 사람들 뒤엔 누군가의 간절한 기도가...

김수정 님

인생의 소소한 이야깃거리 정도만이라면 예쁘게 볼 수 있습니다.

장애인올림픽 금메달 선수의 말

왜 하지 절단수술 동의서에 날인했느냐며
어머니 원망했었다는 신의현 선수.
이제는 원망하지 않는다죠.

수술 안했으면
두 다리로 사는 경험만 해 보았을 텐데
두 다리 없는 경험도 해 보았으니….

인생길 걸어가다 만나는 궂은 일.
신 선수처럼
특별한 경험으로 여길 수 있다면
한결 견딜 만하지 않을까요?

이연철 님

대단한 멘탈!

김수정 님

두 다리보다 아들의 생명을 선택한 어머니와, 포기보다 극복을 선택한 아들 모두에다 짝짝짝입니다.

김기서 님

친구의 아들이 유학중에 사고로 죽었다는 소식을 듣고 위로의 말을 전했습니다. 그리고는 가끔 후회합니다. 괜한 짓을 했다고. 그 친구의 슬픔을 넘은 절망감은 어느 누구도 나눌 수 없기에. 죽은 아들은 사대독자였습니다.

가르치려 들면 안 돼요

30여 년간 신앙과지성사 운영 중인 최병천 대표.
이런저런 얘기 끝에 좋은 책 원고에 대해 말합니다.

"가르치려 들면 안 돼요."

그냥 읽다 보면 감동이 일어나는 글이어야지
가르치려 하면 안 읽는다는 것.
그 말을 들으면서 생각했습니다.
글만이 아니라 말 특히 설교도 그렇지 않을까?
예컨대 나도 이리이리 살아보려 애쓰고 있노라고
잘 안 되지만 노력하고 있노라고
그리 말해야지
여러분은 왜 그렇게 살지 않습니까?
이렇게 나무라기만 해서는 안 될 일.
자칫,
당신이나 잘하세요.
또는
그럼 그렇게 말하는 당신은?
속으로 이렇게 반응할 수 있습니다.
글 쓰고 말할 때 명심해야 할 조언.
"가르치려 들지 마세요."

이연철 님

그런 줄 알지만 하다 보면 어느새 가르치려 들어요. 이것도 고질이라면 고질일진저!

 김기서 님

C채널의 '명설교-다시 복음으로'를 접할 때 느끼는 것. 감동을 주는 목회자의 역량.

김수정 님

그럼에도 불구하고 늘 스승은 필요합니다.

몰입

캄보디아 어린이를 모아놓고
한국 교회 청년들이 인형극을 보여줬다죠.
열심히 준비해 갔건만
아이들이 너무 조용해 걱정 걱정.

재미없나 보다…
미안해서 어쩌나…

공연 끝내고 내려왔을 때
아이들을 데리고 있던 동료가 들려준 말

"글쎄, 아이들이 눈 하나 깜빡거리지 않고 보는 거야.
한순간이라도 놓치면 큰일 날 것처럼 그렇게 뚫어져라
숨소리도 죽인 채…."

폴포트 킬링필드 시절
그 악마한테 엄마와 아빠를 모두 잃고
할머니 할아버지 밑에서 재미란 모르고 살아온 아이들.
아마추어 인형극에 그리도 몰입했다니….

그 이야기 나누며 청년들 모두가 울었노라고
여름방학에 단기선교 다녀온 조카딸 이야기를 듣다가
나도 울었습니다.

○ 이연철 님

그런 초롱한 눈 본 지도 오래됐네요. 그런 초롱한 눈 보면 저절로 힐링 되는데...

○ 김수정 님

흡수하려는 강렬한 욕구, 강력한 결핍일 수도 있으니 마음이 아프네요.

어떤 보쌈집

시간강사인 후배와 저녁 먹으러 간 돈암시장 안 보쌈집.
두 집 가운데 손님 보이는 집에 들어갔죠.
무얼 먹으면 좋겠느냐니까
후덕하게 생긴 주인 아주머니 하시는 말씀.

"두 분이라 세트는 너무 많으니…"

그러더니, 기본 족발이면 된답니다.
먹다가 상추와 김치 속 더 달라니, 굴김치까지 한 접시.
먹다 먹다 남기자,
남자 둘이 그것도 다 못 먹느냐며 웃음으로 싸주시는 아주머니.

왜 이 집에 손님이 꽉 차는지 알겠습니다.

안외순 님

교수님 언제 저도 데려가 주세요.^^ 학회 후 장충동에서 먹어보니 맛있더라구요. 상덕도 갖춘 곳에 가보고 싶습니다.ㅋㅋ

김기서 님

대박집과 쪽박집. 그 시작은 주방과 홀 서빙.

최내경 님

그래서 식당은 기다려서 먹어야 한다는 말씀 많이 들었어요. 식당이건 사람이건 사람들 많이 모이는 건 다 이유가 있는 것 같아요.^^

권대광 님

서울은 눈감으면 코 베어 간다고만 들었는데 이렇게 훈훈한 이야기가 있을 줄 몰랐습니다. 역시 어디나 사람은 정이 있어야 사는 것 같습니다.

요로 결석

30년 전 어느 날.

갑자기 찾아온 요로결석 통증.

달려간 병원, 간호사 앞에서 체통도 없이

"아버지, 아버지!"

이러면서 신음했던 요로결석.

하도 아팠기에, 요로결석 선배인 처형님한테 어느 날 물었죠.

"요로결석 통증과 산통 중 어느 게 더 아파요?"

"산통이 더 아파요."

"그런데 왜 아이를 셋씩이나 낳으셨대요?"

"그게 참 요상해요.

다시는 안 낳겠다면서도

그 아이 키우다 보면 감쪽같이 잊어버려요. 호호호"

아… 망각… 얼마나 감사한 일인가?

올해 궂은일들 몽땅 잊어버리세요. 감쪽같이.^^

◯ **조승철 님**

^^저도 유치원생 딸아이 앉혀놓고 유언까지 했던 기억이 납니다. 이런 게 죽는 거구나ㅎㅎ

◯ **신은경 님**

그죠. 저도 셋을 낳았는데 출산 고통 생각하면 지금도 고개가 절로 흔들어지는데도 키우며 느끼는 행복감 속에 녹아들더라구요~^^

◯ **안상숙 님**

망각은 선물. 애들 키우면서 골백번 저놈의 새끼, 꼴도 보기 싫다 해 놓고 금방 다 잊고 한없이 이쁘니... 그러니 다행... 주님도 우리에게 그러신 듯 ㅎㅎ 그래서 또 한 번 감사한 아침~

◯ **김기서 님**

몸이 아픈 것은 조심하라는 신호. 다 나으면 또 잊고 무리하게 됩니다. 망각의 과정은 축복, 결과는 저주. 잊지 말아야할 것은 세상과 내 몸의 역사.

현해탄 건너오던 배에서 일어난 일

광복 후 일본에서 귀국하러 수십 명이 배 타고 현해탄 건너올 때
우리 교우 박윤임 권사님의 부친도 처자와 함께 그 배에 탔다죠.
1주일이면 넉넉히 도달할 거리였지만
만일을 위해 그리고 상륙 후까지 대비한 그 아버지.
한 달 치 식량을 마련해 탔는데
어마무시한 파도가 몰려와 풍전등화.
영화 타이타닉 한 장면처럼 배가 직각으로 섰다가는 곤두박질.
그 상태로 떠도는 사이 훌쩍 열흘도 넘어가고
넉넉히 실었던 식량은 나눠 먹이느라 거덜 나 버리고
배마저 주입했던 기름이 바닥이 나 피그르르르 멈추기 직전(멈추
면 전복)
그 위기의 순간,
배에서 떨어져 나갈까 봐 아무도 기름 부을 엄두 못 낼 그때,
이 아버님이 한 손으론 뱃전 붙잡고,
한 손으로 기름통 잡아 들이부었다죠.
통통통 배는 다시 기운 차려 달리기 시작했고 무사히 상륙.
고맙다면서 나중에 은혜 갚게 꼭 연락하라며
명함이며 주소 적어 주었다는데
그 아버님 끝내 연락 안 하시더라네요.

"내 식구 살리려 한 일인데 뭘… 이러시면서.^^"

(그분 함자는 박만수 님)

 이연철 님

내 식구 먹여 살리려고 초인적인 능력을 보이셨던 우리 부모님들. 살아온 기적이 살아갈 기적을 만든다는 것을 보여주신 부모님들. 나는 그런 부모인가?

 한홍순 님

대단한 아버님이십니다.

 배영동 님

훌륭하십니다. 언제 어디서나 지도자가 있더군요. 그 사람은 자신이 한 일에 대해 공치사를 하지 않는 것 같아요. 더불어 살기 위해 한 일이라면서요. 아름다운 사회의 특징이죠. 박만수 님은 그 후에도 좋은 일 많이 하셨을 테죠. 후손들도 잘 될 겁니다.

최민정 선수를 보며

서로 안쪽 차지하려 옥신각신 다투는데
김소월의 산유화처럼
저만치 뚝 떨어져 내 길을 달리는 최민정 선수를 보며
난 알았습니다.
인생의 쇼트 트랙 경기장에서
아직 내가 어느 축에 끼는 인간인지 똑똑히 알았습니다.
20대 최 선수한테 부끄러웠습니다.

이연철 님

'김소월의 산유화처럼 저만치 뚝 떨어져' 이 표현 좋네요. 소월 시 만큼 좋네요.

 김기서 님

경기장 안 선수들의 우위다툼. 그것은 나름의 전술. 최선을 다한 그들 모두에게 갈채. 헐리웃 액션은? 그것 또한 눈감아 줌.

○ 김수정 님

우리 작은 아들이 '오징어는 무리지어 다닌다'라고 하더군요. 너무 잘난 이들은 옆에 사람을 순식간에 오징어로 만든다고요. 오징어의 마음도 이해가 되네요.

고수 김명환 선생

판소리 제1의 명고수였던 김명환 선생.
그분 인터뷰 책 읽다 꽂힌 대목.
어떤 고약한 명창 골탕 먹이려 별렀다죠.
1고수 2명창
이런 말 있을 정도로, 고수의 영향력이 막강한 판소리.
피아노 반주 없이는 성악가 노래 어렵듯.

그러나 막상 그 명창이 소리 시작하자, 확 생각 바뀌었다네요.
완벽한 득음의 그 소리.
차마 망칠 수 없어 멋진 장단과 추임새로 도왔다는 회고.
그래서 관계도 회복됐다지요.

원수까지도 감동 먹게 한 그 노래.
아, 그런 글 한 편, 그런 말 한마디.

○ 김영수 님

어떤 분이 말하기를, "손으로 뺏으면 그걸 강도라고 하죠. 입으로
뺏으면 사기라고 하고 마음과 몸까지 다 뺏으면 그걸 종교라고 합
니다."라고 하던데, 그럼 김명환 명창의 마음을 빼앗은 것은 예술이
겠지요. 아! 그 경지!

○ 김기서 님

득음의 고수(高手)를 인정하는 고수(鼓手)도 경지에 오른 이.

○ 배영동 님

얼씨구! 득음의 경지, 통달의 경지, 완벽의 경지는 감동에 감동을
자아내지요. 언제 그런 글 한 편이라도 쓸 수 있을는지......

기를 쓰지 않아

100세 김형석 선생님의 장수 비결은 무엇일까?
천부적? 후천적?
최명환 교수와 만나 얘기하다 화제가 여기 미치자 하는 말.

"내가 대학생일 때부터 그분 강의 들었어요.
뒤에 앉은 사람은 잘 들리지 않을 정도로 작게 말하더군요.
기를 쓰고 말하지 않는다는 거지. 우리와 다르게.
우리는 툭하면 흥분… 기를 쓰고 말하기 일쑤인데,
그분은 그렇지 않은 거지요."

최근 강의 동영상 봤더니 정말입니다.
할 말 다하면서도 나직나직 조근조근 부드럽게.

이 이야기 내 친구한테 들려주자 이럽니다.
"겨울잠 자는 동물들도 그래.
미국산 악어도 겨울엔 가만히 있다나 봐.
기 안 써야 버티니까."
김형석 선생님도 그 이치 깨치신 거 아닐까요?

김령매 님

열혈청년이랍시고 기를 쓰고 사는 사람들 많이 봤습니다. 그렇게 해서 꽤 잘 나가는 거 같았습니다. 그러지 못해 저는 한동안 좌절했었는데 요즘 교수님 글을 읽으며 이 세상의 미덕을 깨닫게 되었습니다. 저 스스로 느낌일지 모르겠지만⋯ 진정한 고수가 되기 위한 꿀팁이랄까요? 👻

이동준 님

"자벌레가 구푸리는 것은 펴나가려는 것이요, 용과 뱀이 (땅속에) 숨어드는 것은 몸을 보전함이로세."란 말씀이 보이기는 하죠.(『주역자구색인』의 '척확'조 참조). 아마 한경직 목사도 그러셨을 듯~(?) 나긋나긋~~ *.*

조승철 님

가만 생각하니 저는 전화통화도 기를 쓰고 있었습니다.^^

김기서 님

혈기 넘치던 시절 무협지에 빠진 적이 있었다. 주인공들의 화두는 내공 쌓기. 무림고수들과는 달리 과거 무협지 애독자는 기 조절에 실패. 아직도 화를 뿜어댄다.

7장

초등학교 생활기록부를 보며

: 이복규라는 사람

초등학교 생활기록부를 보며

모교인 초등학교에 특강하러 간 김에 떼어온 생활기록부.
바빠서 자세히 못 보고 있다가 꺼내봤지요.

소극적임.
책임감이 부족함.
신체 허약함.

2학년 때까지는 이렇습니다.
한심한 어린이.
지금도 기억납니다.
빵점이 뭔지도 몰라
받아쓰기 빵점 맞은 종이를 들고 와 어머니한테 자랑 자랑.
그런데 3학년부터 달라집니다.

전 과목 향상.
허약하나 강인함.

그러다 5~6학년 때는 이렇습니다.

전 교과 우수함.

타아의 모범임.

우등상 몇 번, 6년 정근상, 선행학생상 수상.

도대체 2~3학년 사이에 무슨 일이 있었던 걸까요?

한심한 조카를 붙들어 앉히고

우리 숙부님이 국어며 산수며 가르쳐 주신 거죠.

비로소 문리가 터져 학교 공부가 재미있어진 거죠.

나를 사람 만들어준 우리 작은아버지

고맙기만 합니다.

머리가 늦게 터지는 아이, 학교 교육만으로는 안 되는 거죠.

○ 이연철 님

　　알고 봤더니 사교육 원조이시구나!

○ 김기서 님

　　숙부님께 결초보은.

○ 김수정 님

　　선생님의 '좋아요'의 원류에 숙부님과 부모님의 마중물이 있으셨군
　　요. 다른 선생님들의 혹평 속에서도 말없는 믿음의 마중물이요.

친구가 일러준 고교시절 추억

"야 이놈들아 아무나 국문학과에 가는 거 아녀!
이복규 같은 놈이 가는 겨~~"
영어 선생님이 담뱃불 교탁 위에 비벼 끄며 40여 년 전 외치던 그 말씀.
지금 돌아본즉,
복규가 〈설공찬전〉을 발견한 국문학 교수가 되어 있으니,
선생님 말씀이 맞았다.

고교 동창 안건수 지점장이 단톡방에 엊그제 올린 글.
나도 까마득히 몰랐던 추억.
국어만 잘해도 먹고 살아온 우리나라 좋은 나라.

아무개 님

고1 때 윤리 시간, 파우스트가 나왔는데, 선생이 읽은 놈 있냐 하니, 내가 손들었고, 선생이 의아한 눈초리로 갸우뚱하며 나와서 설명해 봐 하니 삼십분 동안 떠들더라나. 메프메프 하면서. 이 바람에 논산에서 대전고 들어와 앞으로 철학하겠다고 결심했던 친구 하나가 기가 팍 죽어 그 후로 나를 노려봤는데, 내가 서울대 떨어지자 고소하다 했으나 결국 스물여덟에 대학교수가 되더라고...

2년 전 동창회서 만난 그 친구가 옛날얘기라며 들려준 말... 난 그게 전혀 기억이 없는데 곁에 있던 녀석들이, 맞아 하며 거드는 걸 보니 사실인 듯. 서울대 떨어지고 나서 나는 고교시절, 그리고 패기 넘치는 친구들을 가능하면 기억에서 지우려 했던 듯. 나는 절로 주눅 들어 있었기에. 동창회도 4년 전 처음 나갔는데, 대학원장 시절 어떤 놈이 불러내서 갔고. 아! 내 몸이 스스로 보호하려고 기억 관리도 한다는 것 깨달았지요.

이연철 님

그 이복규 선생과 같이 대학원 강의 들었으니 나도 좀...

채성준 님

설공찬전을 지은 분(채수)이 저희 입향조이시니 저랑은 남다른 인연! 교수님 덕분에 저희 조상도 빛나고 교수님 업적도 되었으니 일거양득, 꿩 먹고 알 먹고...

공부만 하다 죽었으면

"문수야, 나는 공부만 하다 죽었으면 좋겠다."

내가 대학 다닐 때 이런 이상한 말을 했답니다.
난 기억도 안 나는데,
석정여고에서 명예퇴직한 강문수 선생이 알려줍니다.

그 말 듣고 가만히 생각해 보니 빈말만은 아닙니다.
오직 국어가 좋아 국문과에 입학하고,
공부만 하고 싶어 공무원 발령 난 것도 포기하고
알바에 장학금 타서 대학 다녔으니 말이죠.

공부만 하고 싶다는 내 말이 사실인 것을 보여주는 또 하나의 증거.
경희대에서 석사과정 마치고 한국학대학원 박사과정 입학한 일이
그것.
경희대에서 박사과정 밟으면 시간강사 자리를 주겠다고
김태곤 지도교수께서 붙잡으셨지만 거역하고 갔죠.

한국학중앙연구원 부설 한국학대학원 박사과정에 들어가면
등록금 면제에 기숙사에서 재워주고 먹여주고
매월 책 사 보라고 일정 장학금까지 지급하는 특혜.
게다가 석학 조동일 선생님도 계셨으니….

공부만 하고 싶던 내게는 복음.
지도교수님 만류 말씀이 귀에 들어오지 않았죠.

말이 씨가 되었을까요?
정말 그대로 살고 있습니다.
모교에서 불러주어 원 없이 공부하고 있으니 말입니다.
밥 먹고 공부하는 게 내가 하는 일이며 해야 할 일.
공부한 것이 글로 바뀌고, 글은 모여 책 되고,
나만의 강의와 설교로 터져 나옵니다.

은퇴할 때까지,
아니 은퇴한 후에도 허락된다면 계속 공부하는 기쁨을 누리고 싶
습니다.
후배한테 말한 대로 정말 공부하다 죽고 싶습니다.
그러면 묘비에 이렇게들 적어줄까요?

"평생 공부만 하다 죽은 사람 여기 잠들다.^^"

 김기서 님

전 교원대 한상헌 교수 왈, 학교 업무에 치이다 보면 어떤 때는 교
도소 독방에 갇혀있는 사람이 부러울 때가 간혹 있단다. 그곳에선
책 읽을 시간이 많을 듯하여.

김수정 님

가장 아름다운 말이 직힌 묘비가 그려지네요.

단전호흡

나는 단전호흡법 배워본 적 없습니다.

그저 항상 똑바로 앉아 심호흡을 합니다.

깊이 들이마셔 그 숨이 배꼽 아래까지 들어가게 합니다.

몸이 약해 건강에 좋다면 예민하게 반응하는 나.

대학 다닐 때 우연히 읽은 소설가 정비석 선생의 건강 비결

그대로 지금까지 그러고 있습니다.

이제 구부정한 자세로는 답답해 못 견딥니다.

건강 잃고 나서 단전호흡으로 일정한 경지에 오른 홍대 박 아무개 교수

어느 날, 학회에서 만나 대화하다 그 말 했더니만

갑자기 내 몸 어딘가 만져보고 하는 말.

"우리 단전호흡가들과 같아졌네요!"

어딘가가 열려 있다나 뭐라나.^^

배영동 님

좋은 호흡법과 신장의 관계. 심호흡법을 제대로 하면 그게 단전호흡법이죠. 정식으로 단전호흡법을 배워서 20년 하면서 산 사람을 여러 차례 만난 적이 있어요. 1987년 박물관 설립준비사무실에서 알바할 때 일이지요. 단전호흡 하는 사람과 함께 가끔 사무실에 놀러오던 60세 정도 된 사람이 건강이 나빠서 1년간 보이지 않다가 나타났지요. 그 동안 신장 이식 수술하고 청년처럼 바뀌어서 왔더군요. 신장이식으로 신장이 3개가 되었고 그 후 식욕도 좋아지고 흰 머리카락이 흑발이 되고 탈모된 자리에 대체로 발모가 되고 안색이 청년처럼 보이더군요. 이 사람을 보더니 단전호흡 수련가가 단전 호흡법은 신장을 단련하는 수련법이라 하고, 동양의학에서 신장은 "기"를 응축하고 발산하는 기관이라고 설명. 그런 신장이 3개가 되었으니 청년처럼 회춘한 것이라고. 남들이 반신반의하자, 그럼 잠시 단전호흡의 진면목을 보여주겠다고. 의자에 앉아서 2분 정도 심호흡을 하더니 갑자기 고개를 좌우로 초고속 도리도리를 하면서 큰 호흡을 해요. 꼭 발동기에 시동 걸린 것처럼. 흡입-압축-폭발-배기의 형상으로 씩씩하면서. 여기서 더 진행하면 공중부양이 된다고 해요. 다시 숨을 고르고 땀을 닦고 나니 지켜본 사람들이 모두 놀라워했죠. 그 사람은 키가 180이 넘고 아랫배가 나왔길래 평소에 똥배라고 생각했는데 그게 아니었죠. 오랜 단전호흡의 결실이었죠.

안상숙 님

1.실행 2.지속 이 두 가지가 핵심이네요.~~

이연철 님

인생에서 열리고 닫히는 것만 세대로 살 소설해도...

5

임사체험

말만 듣던 임사체험, 나도 했습니다.^^

대학시절 교회 청년회 수련회로 간 군산 동백정.

수영을 조금 배운 상태에서 함부로 뛰어든 바다.

잘하면 도달할 것만 같았던 눈앞의 섬.

헤엄치다 힘들면 걸어가리라… 얕게 봤던 그 바다.

막상 헤엄쳐 가다 지쳐 두 발을 세우려 했으나 허당.

쑥 빠져 들어가 바닥을 치고 올라오며 필사적으로 외친 소리.

"사람 살려!"

다시 입수해 발 굴러 올라오면서 같은 소리 반복.

이러기를 수차 되풀이하다 밀려드는 공포.

그때 일어난 희한한 현상. 임사체험.

물속에 잠겼다 솟구쳐 올라오는 그 짧은 순간.

어릴 때부터 그때까지의 모든 죄가 전광석화처럼

선명한 영상으로 뇌리에 떠올라 스쳐간 것.

그때 알았습니다.

나중에 신 앞에 설 때,

그분이 문책하기 전, 내 스스로 이실직고하리란 걸.^^

김창진 님

그렇군요. 무의식은 다 기억하고 있네요. 그거만 되살리면 일생이
다 밝혀지네요.

김선균 님

아, 그런 상황이라면 살고자 스스로 먼저 이실직고하겠네요. 거짓
을 말할 수 없을 정도로 긴박한 상황이 돌아온다는 말씀. 지금부터
라도 잘 살아야겠습니다.

이동준 님

"새가 죽으려면 울음이 슬프고, 사람이 죽음에 임하면 그 말이 선하
다."라 하였지요(논어).
소크라테스는 지혜사랑(철학)이란 '죽음의 연습'이라 하였던가요~?*.*

〈설공찬전〉 발견과 나

1996년에 묵재일기 이면에서 〈설공찬전〉 국문본을 발견해 이듬해 발표한 일.

벌써 20년도 더 된 일이지만, 학자로서의 내 생애에서 최대 최고로 가슴 벅찬 행운.

이른 시기(1508~1511년)의 작품이자 처음 한글로 번역돼 읽힌 소설이지만, 왕명으로 불태워져 전하지 않던 작품이 480여 년 만에 출현했으니 기적 같은 일.

중앙일보에 특종기사로 실려 1면에서부터 도배를 했고, 방송에서도 여러 번 다루고, 연극으로 상연되는 바람에 덩달아 나도 떴죠.

우째 세상에 이런 일이…?

우연만은 아닙니다.

한문 초서 공부하고 싶어 국사편찬위원회 연수과정에 입학해 수료한 게 드라마의 시작.

초서 알아야만 고전문학을 제대로 연구하겠다는 걸, 박사논문 쓰며 알아차린 순간

무조건 응시해 들어간 초서연수과정.

제1기 수료하자마자 국사편찬위원회에서 맡긴 묵재일기 탈초 작업.

직전 해에 입수했다는 조선전기 부승지 묵재 이문건의 30년 한문일기.

초서로 된 걸 정자로 옮기는 작업이었죠.

수고료가 적어 안 하겠다는 의견도 있었으나 설득하여 하기로 했죠.

가까스로 시작해 읽어 내려가다, 그 속에 적힌 설공찬전을 발견한 게 드라마의 절정.

그럼에 생각해 봅니다. 한문초서에 대한 호기심이 자라 대박을 터뜨린 것.

학자는 그저 학문적 호기심을 채우려는 욕망만 가질 일.

그러다 보면 예기치 않은 행운도 만나는 것 아닌가 싶습니다.

세상 일, 계획한 대로만 되는 게 아닙니다.

우리가 계획을 세울지라도 그 걸음을 인도하는 분은 하나님이란 성경말씀은 진리.

진인사대천명(盡人事待天命).

이연철 님

뭐든 열심히 하시니 그만큼 대가가 있는 것. 또 하나 대박 터뜨리시기를...

한홍순 님

감동적인 순간이 느껴집니다. 장로님의 열정이 당연한 결과를 안겨 주었네요.

김수정 님

더 많은 연구를 이루어 내 주세요.

밥 먹는 시간이 아까워요

밥 먹는 시간이 아까울 때가 많습니다.
한참 연구하고 글을 쓰다가 밀려오는 배고픔.
하는 수 없이 멈춘 채 밥 먹으러 가야 합니다.
학기 중에는 지하의 학내 식당에 가면 되지만
방학에는 학교 밖까지 나가야 하니 성가시고 시간 아깝습니다.

밥 안 먹으면 안 되나?
그럴 수 있으면 좀 좋으랴.

다른 교수들한테 이 말 했더니 야단야단.
밥 먹는 재미로 사는데 무슨 소리냐는 교수도.
아무래도 내가 비정상인 듯.^^

이연철 님

비정상에 한 표!

고석철 님

그래도 병은 아닙니다.

정병설 님

우리 학계에 선생님 같은 분이 계셔서 자랑스럽습니다.

이순임 님

교수님이 일을 너무 좋아하고 사랑하시기 때문이 아닌가 생각됩니다.

박흥실 님

대단한 친구네. 아직도 열정 살아 있다니... 좋아요.

김신연 님

도시락을 싸 가세요. 밥, 고기, 콩장, 두부, 멸치, 김, 갖가지 야채와 색색의 과일, 올리브유, 쌈장만 준비하면 훌륭한 식사가 됩니다. 오늘 마트에 가서 직접 구입해 보세요. 쉽습니다.

김경숙 님

충분히 공감합니다. 잠도 아니 잘 수 있음 좋겠다는 생각이 들 때도 많거든요.

박미례 님

아주 비정상. 죽고 싶은 거죠?

왜 가만히들 있었지?

2013년 내 우울병이 한참일 때
정말 심각했습니다.
모든 게 자신 없고 무력감에 빠진 나머지
내 책을 읽어주다가도 차마 부끄러워 멈춘 채
한 시간 내내 그냥 서 있기도 했었으니까요.
그런데도 물러나라는 대자보를 끝내 써 붙이지 않은 학생들.

너무도 궁금해 언젠가 슬쩍 물어보았더니 하는 말.

"처음에는요… 저희가 맘에 안 들어 화나서 저러시나 보다,
조금 지나 몸이 아파 그렇다는 소문을 듣고 나서는,
저러다 쓰러지시면 어쩌지?"

그랬다는 말을 들으며 눈물 나게 고마웠습니다.

이 세상 살아볼 만한 곳입니다.

이연철 님

하모! 이 세상 아픔 많은 곳이지만 살아볼 만한 곳 맞습니다.

김기서 님

그 경험을 글로 남겨 공유하면 같은 병으로 고생하고 있는 환우들에게 큰 도움이 될 듯.

김수정 님

학생들도 마음을 읽습니다. 그 아픈 마음을.

환갑에 팝송을 듣다가

마음병이 1년 4개월 만에 물러간 어느 날
서재에서 혼자 팝송을 듣다 울었습니다.
아바 그룹의 〈I have a dream〉
시스터 액트의 〈I will follow him〉
뱅글스의 〈Eternal flame〉
수잔 잭스의 〈Evergreen〉
알버트의 〈Feeling〉
존 덴버의 〈Today〉…
감미로운 노래를 듣다가 울었습니다.
거짓말 조금 보태 반나절쯤 울었습니다.
울면서 듣고 들으면서 울었습니다.
이렇게 아름다운 노래를 환갑 나이에 와서야 느끼다니….
장학금과 알바로 대학 다니느라 경황없던 청년 시절이 불쌍해 울
었습니다.
한참 울다 뚝 그쳤습니다.
나는 환갑까지 살아남아 이 기쁨 안다지만
일찍 죽은 친구들은 영영 기회가 없잖아.
그러고서 한 100일쯤은 시도 때도 없이 노래를 듣고 다녔습니다.
청년들처럼 이어폰을 귀에 꽂고 다녔습니다.
학생들한테 종종 당부합니다.
제발 노래도 즐기며 청춘시절을 보내라고.

이연철 님

상담해 보면 알지만, 잘 울면 마음 치료가 돼요. 울 걸 안 울면 그게 마음의 병. 창피한 고백이지만, 전화상담원 초보시절 당장 자살하겠다는 내담자를 설득할 수 없어서, 안타까운 마음에 나도 모르게 훌쩍훌쩍 울었더니, 내담자가 놀라서 안 죽겠다고, 울지 말라고 나를 다독였다는...

 김기서 님

울음과 노래는 치유의 묘약. 이 나이에 사랑의 묘약은 언감생심?

 김수정 님

마음속을 깊이 들여다보면 7살짜리부터 70대 어른까지 도란도란 이야기를 나눌 때가 있지요, 잘 들어주세요.

책 쓰고 돈 쓰고

"아무도 모를 거야
책 쓰고 돈 벌기는커녕
책 쓰고 돈 쓰는 줄은."

환갑기념으로 낸 이야기시집(『내 탓』)
많이 팔릴 것이라 아내한테 큰소리쳤건만
팔린 책보다 내가 사서 뿌린 책이 훨씬 더…^^

이번 학기 내 수강생들
실기 학과생들의 자세가 좋지 않아 간곡한 문자 보냈더니만
방긋방긋 웃는 얼굴로 열심히 강의 들어주는 게 하도 고마워
종강시간에 이 책 한 권씩 선물로 줘야겠다고 아내한테 말하자
이렇게 웃으면서 한 말.

"책 쓰고 돈 쓰고.^^"

이연철 님

전업 작가는 책 쓰고 돈 벌어야 하고, 교수는 책 쓰고, 돈 쓰고 해야 합니다^^; 그런데 이게 반대로 되었으니 전업 작가 안 되고 교수 되려고...

김경숙 님

교수님은 글도 참 맛깔스럽게 쓰셔요. 여기 쓰시는 글만 모아서 책 내시면 대박 나실 듯합니다. 가제 "아침을 여는..."

차영회 님

저도 그렇습니다. 아이들 성경교재 20년 걸려서 완성하며 아내한테 큰소리쳤는데 요새는 쥐 죽은 듯이 조용하게 지냅니다.

배영동 님

쓴다는 것은 뭔가 만들어내는 것이기도 하고, 한편으로 소비하는 것이기도 하지요. 책을 쓸 때는 만드는 것이고, 돈을 쓸 때는 소비하는 거지요. 그런데 한 가지 공통점이 있군요. 남들과 공유하기 위한 것 같아요. 책은 읽는 사람에게도 저자의 생각을 공유하게 하고, 돈은 물자든 노동이든 수고로움에 대하여 감사의 마음을 공유하게 하는 것은 아닐까요?

윤금자 님

돈 쓰면서 책 써서 교수님은 인심 얻고, 사모님은 성격 버리고...

박미례 님

쓸 돈이 있으면 행복한 사람.

불치하문(不恥下問)

환진갑 지나고 보니, 내 특징을 알겠습니다.

공부 좋아하고, 호기심 많고, 메모 잘하고….

또 한 가지, 학자로서 중요한 특징.

불치하문(不恥下問)

남한테 묻기를 잘합니다.

연구 아이디어가 떠오를 경우

관련 문헌과 자료 조사도 하지만

그걸 생산한 사람한테 사정없이 묻습니다.

집요하게 묻습니다. 바닥 드러내 보일 때까지.

이메일 아이디를 전통적인 호와 비교하는 논문 쓸 때의 일입니다.

지인들의 아이디가 무엇이며 왜 그렇게 만들었는지 탐문하던 중,

논문 심사 자리에서 동국대 김태준 선생님 뵈었기에 중국의 경우
는 어떤지 여쭀죠.

처음엔 흔쾌히 알려주다가 집요하게 캐자, 마침내 선언하신 말씀.

"이 선생한테 더 이상 대답해 주지 맙시다. 우리가 연구할 것 다 털
리겠어요."

궁금하면 남녀노소, 선후배, 학력, 학벌 따지지 않고 질문해 뿌리
뽑기.

그렇게 해서 지금까지의 성과와 쟁점과 한계가 무엇인지 생생히

파악해 버리기.

요즘엔 이메일과 핸드폰 문자나 카톡으로 묻기. 더욱 신속하고도 효과적.^^

대개는 자존심 때문에 묻지 않거나 못하건만, 염치 불고인 나.

누가 말려주세요.

그리고, 그간 나 때문에 시달린 분들께 용서를 빕니다.

이연철 님

그런 건 불치라서 무슨 수를 써도 못 고쳐요.^^; 불치 중의 상(上)불치!

김기서 님

학술적인 것은 아니지만 저 또한 묻기를 잘합니다. 그러던 중 최근 여러 사람에게 들은 말은? 나한테 묻지 말고 인터넷 찾아보셔. 죽어야 고쳐질까나?

한홍순 님

지식이 쌓여 있으니까 질문도 많으신 거죠. 모르면 못합니다. 타고나신 학자이십니다.

좋아요 좋아요

2년 전에 회장이었던 온지학회 정기총회 날.
안외순 회장이 마무리 인사하면서, 고문인 내 이름을 거명.
긴장하고 들었더니 하는 말.

"고문님한테 모든 일 상의하며 2년 이끌었어요.
내가 무슨 의견을 내놓아도 항상 하는 말.
좋아요 좋아요 좋아요.
한 번도, 아니라고 한 적 없어요.
그 응원에 힘입어 오늘까지 왔어요. 고맙습니다."

내 원 참!
똑순이 안 회장님 의견이 모두 좋아, 좋다고 한 것뿐인데….^^

착한 전임자 되기 어렵지 않다는 걸 알았습니다.
후임자 무조건 격려하기. ㅋㅋㅋ

최내경 님

후임자에게 무조건 격려하기! 정말 멋지십니다!

 임종삼 님

한국의 대통령들이 본받아야 할 일입니다. ㅎㅎ

 배영동 님

"긍정의 선순환"이죠. 선남선녀가 만나듯이 좋은 선임자와 좋은 후임자가 만나면 그렇게 되죠. 그런데 선임자를 존중하지 않는 후임자를 만나면 "부정의 악순환"이 될 수 있죠. 긍정은 긍정을 낳고, 부정은 부정을 낳죠. 좋은 전임자로 자리매김하기가 어려운데 역시 훌륭해요.

 정성옥 님

칭찬은 고래도 춤추게 한다 하지요~♡

 이연철 님

이 교수 짧은글도 "그래요, 그래요" ㅋㅋ

왜 이리도 얼굴이 맑은 거요?

오랫동안 단전호흡 했다는 김문선 교장.
오랜만에 나를 만나 내 얼굴 보자마자,
앉혀놓더니 다시 응시하며 하는 말.

"왜 이리도 얼굴이 맑은 거요?
나도 이런 얼굴 가지려 무지 애쓰며
단전호흡하고 있어도 잘 안 되는데….."

요즘 살이 좀 붙었다는 말은 이미 들었던 터.
하지만 이렇게까지는 처음.
아마 오랜만에 만나 더 눈에 띈 모양입니다.

왜 그런지는 나도 확실히는 모를 일.
몇 해 전 지독히 아프고 나서 찾아온 변화인 듯.
매사 마음 텅 비우고 살아서 그런 것 아닌지.^^

김경숙 님

맑은 얼굴 최상의 건강 증거!! 주욱~ 유지하십시오.

이수진 님

저는 마음을 비우면 왜 머리도 멍... 할까요... ㅋㅋㅋㅋ 아직 수련이 필요한가 봐요...

김상한 님

밝은 얼굴, 어두운 얼굴, 찡그린 얼굴, 환한 얼굴, 무서운 얼굴 등은 봤지만 맑은 얼굴은 처음 듣는 말입니다. 마음을 텅 비우는 것은 또 어떤 경지인지 범인은 쉽게 다다를 수 없을 듯합니다.

이연철 님

마음은 비우되 살은 비우지(?) 마셈!

배영동 님

얼굴이 맑으면 마음이 깨끗하다는 표시죠. 또 하나는 채식을 하면 얼굴이 맑아진다고 해요. 스님들은 모두 얼굴이 맑죠. 채식을 하면 마음도 맑아지나 봐요.

조방익 님

그래요~~ 쿨하게 사는 것. 실수하면 금방 인정하고, 생일 따져서 몇 달 앞서면 가끔 형님! 한 번 해주기도 하면서 둥그렇게 사는 것. 나도 복규 형님 닮고 싶이라~~♡

철부지 교수의
모닝톡톡